kOrk
Elfenversteck
Tor zur Menschenwelt
Todessümpfe
Drachenfriedhof

**Klaus-Peter Wolf**
wurde in Gelsenkirchen geboren. Schon in der Schule schrieb er lieber unter der Bank Geschichten, statt sich am Unterricht zu beteiligen. Seine Bücher wurden vielfach ausgezeichnet, u. a. erhielt er den Erich-Kästner-Preis und den Anne-Frank-Preis.

**Bettina Göschl**
wurde 1967 in Bamberg geboren. Schon mit sieben Jahren wollte sie Sängerin werden und schreibt seit 1992 Lieder für Kinder.
Mit Klaus-Peter Wolf hat sie schon einige Kinderbücher veröffentlicht.

Das magische Abenteuer

Klaus-Peter Wolf
Bettina Göschl

# Elfenzauber in Gefahr

Mit Illustrationen
von Don-Oliver Matthies

Schneider Buch
EGMONT

**Bibliografische Information Der Deutschen Bibliothek**
Die Deutsche Bibliothek verzeichnet diese Publikation in der Deutschen Nationalbibliografie; detaillierte bibliografische Daten sind im Internet über http://dnb.ddb.de abrufbar.

**Der Schneider Verlag im Internet:**
**www.schneiderbuch.de**


Vertrieb durch Egmont vgs verlagsgesellschaft mbH, Köln
Titelbild und Innenillustrationen: Don-Oliver Matthies
Herstellung/Satz: FIBO Lichtsatz GmbH, Unterhaching
Druck und Bindung: Westermann Druck Zwickau GmbH, Zwickau
ISBN 3-505-11917-2

04 / 8 7 6 5 4 3 2

# Inhalt

## Max Klaphecke

ist zehn und liebt Computerspiele über alles – aber nur, wenn er gewinnt! Auch im wirklichen Leben spielt Max gerne den Helden und hat immer einen coolen Spruch auf den Lippen. In der Schule ist er supergut, und über alberne Geschichten von Zauberern und Elfen kann er nur lachen. Bis er eines Tages selbst im Reich der Elfen landet und vom bösen Zauberer Kro gejagt wird ...

## Mo

ist eine Elfe und die beste Freundin der Kinder, nachdem sie auch Max davon überzeugt hat, dass es sie wirklich gibt. Sie kann zaubern und hilft den Geschwistern im Kampf gegen den bösen Zauberer Kro, der das gesamte Elfenreich mit seiner schwarzen Magie beherrscht. Wenn es drauf ankommt, ist Mo immer zur Stelle.

# Marie Klaphecke

ist Max' jüngere Schwester. Im Gegensatz zu ihrem Bruder schreibt sie ständig schlechte Noten, weil sie lieber vor sich hin träumt als im Unterricht aufzupassen. Sie liebt Geschichten von Zauberern und Prinzessinnen, am liebsten wäre sie selbst eine Prinzessin. Manchmal verwechselt sie die Geschichten mit dem wirklichen Leben. Deshalb glaubt ihr Max auch erst kein Wort, als sie ihm erzählt, dass sie eine echte Elfe gesehen hat ...

## Der böse Zauberer Kro

hält seit vielen, vielen Jahren alle Elfen gefangen. Er hat sie in Bücher verbannt, wo sie wie gepresste Blumen leben. Doch wenn ein Menschenkind nur eine Elfe küsst, dann sind alle Elfen frei!

# So fängt die Geschichte an ...

Das magische Abenteuer beginnt, als Marie das alte Elfenbuch ihrer Mutter im Regal findet und dort seltsame Dinge über das Reich der Elfen liest. Durch einen Kuss befreit sie die Elfen, doch gleichzeitig öffnet sie dem bösen Zauberer Kro das Tor zur Menschenwelt.
Mit einem Trick lockt Kro die Geschwister in sein Reich, um sie für die dunkle Magie zu gewinnen. Als die Kinder erfahren, warum der Zauberer es gerade auf sie abgesehen hat, bleibt ihnen erst mal die Spucke weg: Ihre Mutter, die vor einigen Jahren zusammen mit ihrem Mann auf einer Reise spurlos verschwunden ist, war Kros Tochter! Als sie sich in einen Menschen verliebte, wurde ihr Vater so wütend, dass er sie aus dem Elfenreich verbannte und selbst böse und gemein wurde. Jetzt will Kro sich seine Enkel holen und sie zu Nachfolgern für seine Schreckensherrschaft machen.
Den Geschwistern bleibt keine Wahl: Sie müssen gegen Kro kämpfen. Zum Glück hilft ihnen die kleine Elfe Mo, sodass sie es nach vielen Abenteuern schaffen, unversehrt wieder in ihre Welt zurückzukehren. Doch sie wissen: Der Kampf um das Elfenreich hat gerade erst begonnen ...

# Die Porzellanfigur

„Lasst es euch schmecken“, sagte Oma und füllte Marie und Max eine ordentliche Portion Gulasch auf die Teller.
Aufgeregt rutschte Marie auf ihrem Stuhl herum. Eigentlich liebte sie das Gulasch von Oma, doch heute hatte sie gar keinen Hunger. Jetzt, da sie mit ihrem Bruder und ihrer Oma in der gemütlich eingerichteten Küche beim Mittagessen saß, konnte sie fast nicht mehr glauben, was sie und Max gerade erlebt hatten: Waren sie wirklich im Reich der Elfen gewesen und hatten gegen den bösen Zauberer Kro gekämpft?
Doch dann fiel ihr Blick auf die kleine Elfenfigur aus Porzellan, die auf dem Küchentisch stand. Da wusste Marie, dass ihr Abenteuer im Elfenreich kein Traum gewesen war – es war alles wirklich passiert. Die Porzellanfigur sah nämlich genauso aus wie die kleine Elfe Mo, ihre Freundin und Beschützerin, die ihnen beim Kampf gegen den mächtigen Zauberer Kro oft beigestanden hatte. Sie hatte lange goldene Haare und zarte Elfenflügel in den Farben des Regenbogens – genau wie

Mo. Sie trug sogar Mos goldenes Band mit der schönen Perle um den Porzellankopf. Aber war das auch Mo? Und wenn sie es war, wie konnten sie ihre neue Freundin befreien?
Da kam Marie plötzlich eine Idee. Natürlich! Das Elfenbuch! Warum war ihr das nicht gleich eingefallen? Im Elfenbuch musste die Antwort stehen. Marie ließ ihre Gabel fallen, sprang auf und rannte in ihr Zimmer, ohne auf die Proteste ihrer Großmutter zu achten.
Das alte Buch hatte Maries Mutter gehört, und Marie hatte es zufällig gefunden. Es war ein Buch, das sich in Kinderhandschrift selber schrieb. Alles, was Marie und Max passierte, wurde sofort dort verzeichnet. Ihr gesamtes Abenteuer im Elfenreich war dort bereits zu lesen, also musste da auch stehen, was mit Mo nach ihrer Rückkehr in die Menschenwelt passiert war. Marie kehrte mit dem Buch in die Küche zurück und begann die letzte beschriebene Seite laut vorzulesen:

„Kaum hatten die auserwählten Kinder das Elfenreich verlassen, gelang es dem bösen Zauberer Kro den Elfen eine Falle zu stellen. Er behauptete, die Kinder in seinem Schloss aus Eis gefangen zu halten. Unter Leitung der Elfe Mo griffen die tapfersten Elfen das Schloss an, um die Kinder zu retten. Doch dort wurden sie von Kros blauem Feuer erfasst und erstarrten zu Eis. So war ihr Störzauber gebannt, und Kro konnte sie in kleine Porzellanfiguren verwandeln. Um die Elfen ein für allemal loszuwerden, brachte Kro die Figuren in die Menschenwelt. So wurde er wieder alleiniger Herrscher über das Elfenreich, und Stille und Finsternis kehrten zurück."

Max blickte erst zu Oma, dann zu Marie. Er stieß Marie unter dem Tisch mit dem Fuß an und schüttelte den Kopf, um sie zum Schweigen zu bringen. Oma sollte auf keinen Fall etwas von ihren Abenteuern mitbekommen. Max wollte sie möglichst aus all dem heraushalten. Wenn Max in seinem bisherigen Leben etwas gelernt hatte, dann, dass Erwachsene nur Schwierigkeiten machten, wenn sie zu viel wussten. Aber er machte sich ganz umsonst Sorgen, denn seine Oma hatte keinerlei Verdacht geschöpft.

Sie lächelte Marie an: „Meine kleine Prinzessin! Du kannst aber schön vorlesen! Das ist wirklich ein ganz spannendes Märchen."

„Das ist kein Märchen, Oma!", erklärte Marie aufgeregt, ohne sich um Max' Fußtritte zu kümmern. „Das ist echt! Max und ich waren im Reich der Elfen! Wir sind die auserwählten Kinder, verstehst du?"

Die Großmutter strich Marie sanft über die Wange. „Ach, meine Kleine! Du hattest schon immer sehr viel Phantasie, genau wie deine Mutter. Und in Märchen kannst du dich besonders gut hineinversetzen, nicht

wahr? So, als wärst du eine der Figuren und würdest die ganze Geschichte richtig miterleben! Am liebsten wärst du bestimmt die Märchenprinzessin, oder?"
„Aber ich bin eine Figur aus der Geschichte, Oma!", erwiderte Marie. „Weißt du eigentlich, wer unsere Mutter in Wahrheit war? Sie war die Tochter von Kro und der Elfe Sina. Kro war damals noch ein guter Zauberer, er ist erst später böse geworden. Mama war halb Zauberin und halb Elfe, bis sie irgendwann ein Mensch wurde!"
„Ja!", schwärmte Oma. „Zauberhaft war eure Mutter wirklich!"
Max rannte um den Tisch und riss Marie das Buch aus den Händen. „Halt endlich den Mund, Marie!", zischte er und fügte laut hinzu: „Du bringst Oma ja ganz durcheinander. Natürlich ist das nur eine Geschichte!" Dabei zwinkerte er Marie zu und schüttelte unauffällig den Kopf.
Frau Klaphecke stand auf und füllte das restliche Gulasch in einen kleinen Topf. „So, ihr Zauberer- und Elfenkinder. Ich habe unserem neuen Nachbarn versprochen, ihm etwas von dem Gulasch vorbeizubringen. Als kleines Dankeschön, weil er mir diese wundervolle Porzellanfigur geschenkt hat. Max, Marie, seid doch so lieb und räumt in der Zwischenzeit den Tisch ab. Dann macht euch bitte an eure Schularbeiten! Ich bin gleich wieder zurück."
Marie und Max sahen sich entsetzt an. Sie waren sich si-

cher, dass in dem netten Herrn Meister von nebenan der Zauberer Kro steckte. Im Elfenbuch stand geschrieben, dass Kro Menschen wie Handpuppen benutzen und in jeden beliebigen Körper schlüpfen konnte, um in der Menschenwelt unerkannt zu bleiben. Und wie sollte der Nachbar sonst an die verzauberte Elfenfigur gekommen sein? Jetzt bekamen Marie und Max Angst um ihre Großmutter.
„Aber Oma!“, stammelte Marie. „Was will denn dieser Herr Meister von dir? Du kennst ihn doch gar nicht!“
„Marie hat Recht, Oma!“, fuhr Max fort. „Fremden Menschen soll man nicht trauen! Das sagst du doch immer zu uns!“
Verwundert musterte Frau Klaphecke ihre Enkel. „Was ist denn mit euch los? Seit wann macht ihr euch solche Sorgen um mich? Herr Meister ist ein sehr netter Mann. Mir gefällt unser neuer Nachbar. Ihr tut ihm wirklich unrecht. Oder seid ihr mit den Gedanken schon wieder bei eurer Geschichte und seht überall böse Zauberer?“
Am liebsten hätte Marie geschrien: Ja, Oma! Du hast Recht! Der nette Nachbar ist in Wirklichkeit der böse Zauberer Kro! Aber sie fing gerade noch rechtzeitig den warnenden Blick von Max auf und schluckte die Worte hinunter.
„Aber dann lass uns wenigstens mitkommen!“, rief sie stattdessen.
Frau Klaphecke schüttelte den Kopf. „Nichts da! Meine

kleine Prinzessin braucht bestimmt nur wieder einmal eine Ausrede, um ihre Hausaufgaben nicht machen zu müssen. Ab an deinen Schreibtisch! Mit Herrn Meister werde ich schon alleine fertig! Und Max: Bitte hilf Marie bei ihren Hausaufgaben!“

Max hasste diesen Satz. Er konnte ihn nicht mehr hören. Fast jeden Tag musste er Marie bei ihren blöden Schularbeiten helfen. Manchmal fand Max es ganz schön nervig, dass er so gut in der Schule war. Er erledigte seine Hausaufgaben immer im Handumdrehen. Aber statt sich dann vor sein Lieblings-Computerspiel *Der Drachentöter* zu setzen, musste er seiner kleinen Schwester die Hausaufgaben erklären – das war doch echt ungerecht!

Als Frau Klaphecke verschwunden war, sprang Marie auf und nahm die Porzellanfigur vom Tisch. Ihre Hausaufgaben waren im Moment so ziemlich das Letzte, wofür sie sich interessierte – sie war mit viel Wichtigerem beschäftigt. Sie und Max mussten herausfinden, wie sie Mo befreien konnten.

Max sagte seiner Schwester erst mal die Meinung. Er begann im Flüsterton auf sie einzureden und blickte sich dabei um, da er befürchtete, der Zauberer Kro könnte sie wieder durch die Küchenuhr oder ein Bild an der Wand beobachten und belauschen. „Musstest du unbedingt alles ausplaudern? Gut, dass Oma dir nicht geglaubt hat. Wir müssen vorsichtig sein, Marie! Tu mir einen Gefallen: Halte die Erwachsenen da raus! Die er-

klären uns sonst alle noch für verrückt. Wir müssen mit der Sache alleine fertig werden!"
In der rechten Hand hielt Marie die Porzellanfigur. Mit der linken Hand umklammerte sie die Kette mit dem Medaillon, das um ihren Hals hing. Manchmal, wenn Marie das Foto ihrer verschollenen Eltern in dem Medaillon berührte, hatte sie das Gefühl von ihnen beschützt zu werden. Das Foto und das Elfenbuch gehörten zu den wenigen Dingen, die den Kindern von ihren Eltern geblieben waren. Diese waren vor drei Jahren bei einer Expedition spurlos verschwunden. Trotz aller Bemühungen und Suchaktionen fand man keine Spur von ihnen – sie waren wie vom Erdboden verschluckt. Seitdem lebten die Geschwister bei ihrer Großmutter, aber Marie hoffte immer noch, dass ihre Eltern eines Tages zurückkommen würden.
Jana und Ralf Klaphecke waren berühmte Archäologen und hatten auf der Suche nach magischen Orten, an denen Heil- und Zauberrituale durchgeführt wurden, alle fünf Kontinente bereist.
Zu gerne hätte Marie Mama und Papa jetzt um Rat gefragt. „Wir müssen Mo sofort befreien, Max!", sagte sie eindringlich.
Max hielt Marie fest. „Mach jetzt keinen Mist! Oma kann jeden Moment zurückkommen!"
„Bist du dir da sicher? Wer weiß, ob Kro sie nicht schon in ein Monster verwandelt hat. Mo ist die Einzige, die uns helfen kann!"

Max versuchte Marie zu beruhigen. „Hast du vergessen, dass Kros Zauberkräfte in der Menschenwelt sehr begrenzt sind? Das hat uns Mo doch erklärt!"
Marie streichelte sanft über die Porzellanfigur. „Wenn ich sie küsse, dann ist sie bestimmt wieder frei. So wie damals, als sie im Elfenbuch gefangen war!"
„Und was sagen wir Oma, wenn ihre heiß geliebte Porzellanfigur verschwunden ist? Vielleicht: Ach, Omi, tut uns Leid! Marie hat deine Porzellanfigur geküsst, und da ist sie einfach lebendig geworden und aus dem Fenster geflogen. Flatter, flatter." Max breitete seine Arme aus und bewegte sie auf und ab.
Ohne auf den Bruder zu achten, hauchte Marie der kleinen Elfe einen Kuss auf ihre Flügelspitzen. Voller Hoffnung wartete sie darauf, dass sich die Porzellanfigur wieder in die kleine Elfe Mo verwandelte. Doch nichts geschah. Enttäuscht versuchte Marie es noch einmal. Dabei hörte sie ein leises Wimmern. Sie presste die Figur fest an ihr Ohr.
„Max! Ich höre wieder eine Stimme. Da ist bestimmt Mo drin. Hör mal!" Marie hielt Max die kleine Elfe hin. Max grabschte nach der Porzellanfigur. „Hör jetzt endlich auf damit, Marie!", schimpfte er. „Das ist doch Quatsch!"
Marie blitzte Max wütend an: „Ist dir eigentlich klar, dass sich Oma gerade mit unserem neuen Nachbarn anfreundet? Was ist, wenn es Kro gelingt, sie auf seine Seite zu ziehen? Wir haben schon unsere Eltern verloren,

ich will nicht auch noch Oma verlieren! Und um gegen Kro zu kämpfen brauchen wir Mos Hilfe. Auf wessen Seite stehst du eigentlich?"
Max durchzuckte es wie ein Blitz. Er spürte es jedes Mal wie einen körperlichen Schmerz, wenn er an Mama und Papa dachte. Den Tag ihres Verschwindens würde er nie vergessen. Die Erinnerung daran lauerte in ihm wie ein bissiges Tier. Wenn es geweckt wurde, schnappte es zu. Er hatte zwar Angst um seine Oma, aber er verbarg seine Gefühle mal wieder hinter einem coolen Spruch und witzelte: „Jetzt macht sich der große Zauberer schon an alte Omas heran, weil er mit uns nicht fertig wird."
Jetzt hörte auch Max ein leises Wimmern. Er hielt inne und horchte an der Porzellanfigur. „Du hast Recht, Marie! Das ist Mo! Ich erkenne ihre Stimme genau!"
„Ich bin in der Porzellanfigur eingeschlossen!", wisperte Mo. „Wie in einem Gefängnis!"

„Hey, Mo!“, rief Marie. „Wir sind es! Marie und Max! Wie können wir dich befreien? Das Küssen hat nicht geholfen!“
Mos Stimme erklang: „Bitte holt mich hier raus! Ihr seid doch meine Freunde!“
Max sah plötzlich wild entschlossen aus. Schweigend nahm er die Elfenfigur in die Hand und ließ sie auf den Küchenboden fallen. Klirrend zerschellte die Figur in viele Stücke.
Fassungslos und bleich vor Schreck starrte Marie auf die Scherben. „Oh nein, Max!“, stammelte sie. „Hoffentlich ist Mo nichts passiert! Wo ist sie?“
„Hier bin ich, Marie!“, hörte sie eine helle, vertraute Stimme.
„Mir geht’s gut!“ Mo schwirrte vor den Kindern hin und her und strahlte beide an.
„Mo! Mo! Mo!“, rief Marie überschwänglich. „Meine Güte, Mo! Und wir dachten schon, du wärst für immer verzaubert!“
Mo schwebte zu Max und gab ihm einen Kuss auf die Wange.
„Du hast genau das Richtige getan, Max! Ich danke dir. Du bist ein wahrer Held!“
Max reckte voller Stolz seinen Kopf in die Höhe. „Hast du das gehört, Marie? Ich bin ein Held!“
„Müssen Helden denn immer gleich alles kaputtmachen?“, fragte Marie. „Wir hätten auch ein Loch in die Figur bohren können!“

„Hört mir gut zu!", sagte die kleine Elfe Mo. „Nachdem ihr aus dem Reich des Zauberers geflüchtet seid, hat Kro wieder an Macht gewonnen. Er hält die besten und tapfersten Elfen in Porzellanfiguren gefangen – so wie mich. Nur noch sehr wenige von uns sind frei. Unser Störzauber reicht nicht mehr aus, um Kro an seinem üblen Tun zu hindern. Noch ist unser Elfenversteck für Kro unsichtbar, aber bald können wir nicht mehr genug Elfenstaub produzieren, und dann wird Kro uns finden. Ich muss jetzt zurück. Jede Elfe zählt!"
„Und was sollen wir jetzt machen, Mo? Wir müssen doch etwas unternehmen", sagte Marie.
„Befreit so viele Elfen wie möglich aus ihrem Porzellangefängnis! Und: Passt auf eure Oma auf! Kro will sie in seinen Bann ziehen. Er benutzt Menschen gerne für seine Zwecke."
Max dachte gerade daran, dass Oma noch nicht wieder zurück war. „Wozu will er sie denn benutzen?", fragte er.
„Na, um euch zu kriegen. Ihr seid doch die auserwählten Kinder – seine Enkel. Bitte vergesst nicht: Wenn ihr Kros Zauberspruch dreimal sprecht, sind wir Elfen für alle Zeiten verbannt, und ihr gehört dem Zauberer. Kro will euch noch immer zu seinen Nachfolgern machen. Der Zauberer versucht mit allen Mitteln seine dunkle Macht immer weiter auszudehnen. Aber das Böse darf nicht über das Gute siegen. Deshalb ist es so wichtig, dass ihr euch nicht von ihm verführen lasst. Ihr müsst

auf der hellen Seite bleiben! Ihr habt die Macht das Elfenreich vor Kro zu retten. Und ihr seid ihm schon einmal entkommen."

Marie und Max hatten noch tausend Fragen. Doch bevor sie auch nur eine stellen konnten, war die kleine Elfe verschwunden.

# Vorsicht, Elfenwasser!

Max fegte gerade die Scherben zusammen, als seine Oma gut gelaunt vom Nachbarn zurückkam. „Hallo, Max! Hallo, Marie! Ich habe eine Überraschung für euch! Herr Meister hat uns alle drei für morgen Abend ins Theater eingeladen!"
Marie und Max guckten sich an. Frau Klaphecke merkte sofort, dass sie sich über die Nachricht nicht gerade freuten. Das Lächeln verschwand aus ihrem Gesicht, ihre gute Laune war verflogen. Dann entdeckte sie den Scherbenhaufen am Boden. Langsam bückte sie sich und hob einen Elfenflügel hoch. „Wie ist das denn passiert?", fragte sie.
Marie räusperte sich. „Das war ich, Oma!", log sie. „Ich bin aus Versehen an den Tisch gestoßen, und die Figur ist runtergefallen. Es tut mir Leid!"
Innerlich bebte Marie vor Angst. Was hatte Kro mit ihrer Oma gemacht? Hatte er sie etwa schon verzaubert? Marie wartete jeden Moment darauf, dass aus Omas Augen Blitze schlugen oder ihre Finger zu Greifarmen von Kraken wurden. Vielleicht würde sich auch gleich

der Boden unter ihren Füßen auftun und sie für immer und ewig verschlucken.

Stattdessen sagte Frau Klaphecke nur: „Schade um die hübsche Figur. Vielleicht brauchst du auch bald eine Brille, Marie. Na, halb so schlimm. Kinder, ich lege mich jetzt mal für eine halbe Stunde mit der Zeitung aufs Sofa."

Frau Klaphecke nahm den *Express* vom Küchentisch und tastete nach ihrer Brille. „Wo habe ich sie nur? – Ach!", lachte sie. „Seid doch so nett, ihr beiden, und springt schnell rüber zu Herrn Meister. Ich habe meine Brille bestimmt bei ihm liegen lassen. Aber bleibt bitte nicht so lange, damit ihr euch gleich an eure Schularbeiten machen könnt!"

Marie und Max sahen sich entsetzt an, aber sie trauten sich nicht zu protestieren, weil sie ihre Oma nicht misstrauisch machen wollten. Stumm wie ein echter Held ging Max in sein Zimmer und kramte seine alte Wasserpistole hervor. Dann rannte er ins Badezimmer und füllte sie mit Wasser.

Marie sah ihm kopfschüttelnd zu. „Das ist doch nicht dein Ernst, oder? Sag bloß, du willst dem großen Zauberer mit einer Wasserpistole Angst einjagen? Das ist doch lächerlich!"

Max testete seine Pistole und spritzte einen kleinen Strahl zur Decke. „Wir wissen, dass hier nur Wasser drin ist. Aber Kro weiß es nicht. Das ist meine voll krasse Zauberer-Vernichtungs-Maschine – gefüllt mit Elfen-

wasser! Was dieser Zauberer kann, das kann ich schon lange!"
„Na toll! Kommst du dir dabei nicht etwas blöd vor?", fragte Marie misstrauisch.
„Wieso denn? Kro blufft doch auch nur! Das sind alles nur komische Tricks! Illusionen! Und wir sollen darauf reinfallen."
„Blitzmerker!", frotzelte Marie. „Aber Kro kann wirklich zaubern – ganz im Gegensatz zu dir!"
Max lächelte überlegen. „Das schon! Dafür kann ich besser tricksen. Unser Zauberopi hat selbst zu mir gesagt, dass ich sehr klug bin. Und ein paar super Tricks habe ich auch drauf! Oder hast du vielleicht eine bessere Idee, Prinzessin?" Er steckte seine Pistole in den Hosenbund, dann machten sie sich beide auf den Weg zum Nachbarhaus.
Marie ging voran. Erst zögerte sie, auf den Klingelknopf zu drücken, aber dann wagte sie es doch. Es ertönte kein Monstergeschrei und auch kein Wolfsgeheul. Stattdessen zwitscherte eine Vogelstimme: „Herzlich Willkommen! Tretet ein!"
Die Tür sprang automatisch auf. Aus dem Haus wehte ihnen ein Duft wie vom Weihnachtsmarkt entgegen: Es roch nach Bratäpfeln, Kräuterbonbons und Lebkuchengewürz. Die Geschwister betraten etwas unsicher die Wohnung. Marie fröstelte sofort. Wie immer, wenn sie in die Nähe des Zauberers kam, spürte sie einen kalten Hauch auf ihrer Haut. Im Haus sah es aus wie in einem

Porzellanmuseum. Überall an den Wänden, in Regalen und Vitrinen, standen kleine Elfen aus Porzellan.
Max pfiff beeindruckt. „Wow! Das müssen ein paar hundert sein!"
Marie flüsterte: „Hier hält er sie also alle gefangen!"
„Das wird aber einen großen Scherbenhaufen geben!", freute sich Max und wollte gleich mit dem Abräumen beginnen.
Da knarrte der alte Holzboden, und Herr Meister stand vor den Kindern. Er hatte kurze weiße Haare und einen weißen Bart. Auf den ersten Blick sah er wie ein freundlicher alter Herr aus. Mit Kro hatte er überhaupt keine Ähnlichkeit. Marie war verwirrt. Hatten sie sich doch getäuscht? Herr Meister hielt ein Tablett in der Hand, auf dem dampfender Kakao und Apfelkuchen mit Zimt und frischer Sahne standen.
Max riss seine Waffe hoch und zielte auf den Nachbarn. „Keinen Schritt näher oder ich vernichte Sie!"
Herr Meister lächelte sanft.
Max ging einen Schritt zurück. Seine Stimme zitterte. „Nicht, dass Sie denken, die Pistole ist mit Wasser gefüllt! Oh nein! Darin ist echte Elfenpisse – äh, ich meine Elfenwasser. Ein paar Spritzer genügen, und Sie sind von der Bildfläche verschwunden!"
Herr Meister wirkte wenig beeindruckt. „Ist ja gut, Max! Das kannst du später auch noch ausprobieren. Jetzt setzt euch erst mal, und trinkt euren Kakao. Ich habe extra Kuchen für euch gebacken."

„Haben Sie etwa auf uns gewartet? Sie konnten doch gar nicht wissen, dass wir kommen!“, rief Marie.
Herr Meister stellte das Tablett auf den Tisch. Der Kuchen sah wirklich lecker aus. Daneben sah Marie Omas Brille.
„Manche Dinge weiß man eben im Voraus“, erklärte Herr Meister. „Wenn man so alt ist wie ich, gibt es nicht mehr viele Überraschungen im Leben. Gefallen euch meine Elfen? Ich habe sie über viele Jahrhunderte gesammelt.“
Marie und Max fragten gleichzeitig: „Über Jahrhunderte?“
„Oh, sagte ich Jahrhunderte? Ich meine natürlich Jahrzehnte. Ja, diese Sammlung ist schon sehr alt.“
Er nahm eine Figur aus dem Regal und zeigte sie den Geschwistern. „Diese hier ist zum Beispiel aus China. Sechzehntes Jahrhundert.“
„Das ist doch alles Quatsch!“, rief Max. „Sie erzählen uns nur Müll! Wir wissen genau, dass Sie nur eine Marionette von Zauberer Kro sind und er Sie benutzt!“
Herr Meister tat so, als hätte er Max nicht gehört. Marie wollte die Figur gerne berühren. Aber Herr Meister zog die Elfe weg und hielt sie an Maries Ohr. „Hör nur!“
Marie bekam eine Gänsehaut. Im Inneren der Figur ertönten Hilferufe.
„Das ist wie bei den Muscheln“, erklärte Herr Meister lächelnd. „Wenn man sie an das Ohr hält, hört man das

Meer rauschen. Nach einer alten Sage sind in den Porzellanfiguren Elfen gefangen, die um Hilfe rufen."
Er stellte die Elfe ins Regal zurück und wendete sich an Max. „Das ist aber nur dummer Aberglaube, Max! Auf so etwas fällt so ein intelligenter Junge wie du doch nicht herein, oder? Du glaubst doch auch nicht mehr an den Weihnachtsmann!"
Herr Meister öffnete die Tür zum Nebenzimmer. „Wenn ihr Lust habt, dann zeige ich euch noch mehr. Hier ist meine Sammlung alter afrikanischer Masken."
Je länger Marie und Max in der Wohnung blieben, desto unwirklicher erschien ihnen die Geschichte aus dem Elfenbuch. War Herr Meister nicht einfach nur ein netter älterer Herr, der zufällig Elfenfiguren sammelte? Hatte Oma vielleicht doch Recht und sie bildeten sich das alles nur ein? Besonders Max kam sich gerade ziemlich bescheuert vor. Er versuchte unauffällig seine Pistole loszuwerden. Eine Wasserpistole – wie peinlich! Er war doch kein kleiner Junge mehr! Max steckte die Pistole wieder in den Hosenbund und zog sein T-Shirt darüber.
Herr Meister hatte inzwischen ein paar Masken aus dem Nebenzimmer geholt. Sie sahen geheimnisvoll und Furcht erregend aus. Eine große Maske erinnerte Marie an das aufgerissene Maul in der Geisterbahn, mit der sie Kro bei ihrem letzten Abenteuer ins Reich der Elfen gelockt hatte. Die nächste sah aus, wie der Flugdrache und eine weitere wie Ork Ork in seiner Höhle im Elfen-

reich. In beiden Wesen hatte Kro gesteckt, aber Marie und Max hatten es jedes Mal geschafft ihm zu entkommen. Nein, sie träumten nicht! Herr Meister war kein

netter älterer Herr. Jetzt spürte Marie wieder, dass sie sich wirklich bei Kro befanden. Sie wollte nur noch weg, und zwar so schnell wie möglich!

Herr Meister holte eine Teufelsmaske hervor und hielt sie vor sein Gesicht. Er sprach durch die hölzerne Mundöffnung.

„Wenn ich so eine Maske aufsetze, dann verbinde ich mich mit ihrer Macht. Es ist, als würde ich eine andere Person. Willst du es mal ausprobieren, Max?"

Max war kreidebleich, aber er sagte ganz locker: „Na klar, Mann! Her mit dem Teil!"

Marie schüttelte den Kopf, doch Max beachtete sie nicht. Er hatte zwar Angst vor der Maske, aber er war sich auch ziemlich sicher, dass er gegen ihren bösen Einfluss ankämpfen konnte – schließlich war er ein echter Held!

Herr Meister setzte ihm die Maske auf. Es kribbelte auf Max' Haut. Er bekam Lust, Marie zu erschrecken. Durch die kleinen Sehschlitze hatte er einen anderen Blick auf die Welt. Er fühlte sich auf einmal stark und mächtig. Eine ungeahnte Kraft durchflutete ihn. Max riss die Arme hoch und ging langsam auf Marie zu. „Uaah!“, brüllte er.
Herr Meister lachte. Marie schrie auf und lief aus dem Zimmer.
Max nahm die Maske ab. Es tat ihm sofort Leid, dass er Marie so erschreckt hatte. „Marie!“, rief er ihr nach. „Das war nur ein Scherz! Komm zurück!“
Doch Marie war schon an der Wohnungstür. Da stand Herr Meister plötzlich vor ihr. War er nicht gerade noch hinter ihr gewesen?
„Marie!“, säuselte der Nachbar. „Bleib doch noch! Warum willst du denn schon gehen? Ich habe noch etwas ganz Besonderes für dich!“
Herr Meister machte eine Handbewegung. An der Wand gegenüber öffnete sich ein alter Holzschrank. Darin stand eine Puppe – etwa so groß wie Marie. Sie trug eine glänzende Krone und ein bezauberndes silbern glitzerndes Kleid. Es war Marie, als würde das Kleid von innen heraus den Raum beleuchten, so schön war es. Es sah aus wie das Kleid, von dem Marie als kleines Mädchen so oft geträumt hatte. Marie brachte kein Wort heraus.
„Das ist ein Kleid für eine echte Prinzessin, Marie. Einer

Überlieferung zufolge soll das Kleid die Prinzessin unsterblich machen und ihr Zauberkräfte verleihen. Damit kann sie viel Gutes tun! Zieh es an, Marie! Es ist nur für dich gemacht!“

Marie war wie gebannt. Sie konnte den Blick nicht von dem Kleid wenden. Wie sehr hatte sie sich schon immer gewünscht eine echte Prinzessin zu sein. Einerseits würde sie nichts lieber tun, als dieses Kleid anzuziehen. Andererseits hielt sie ein Gefühl davon ab. Dieses Gefühl war für Marie wie eine innere Stimme. Es warnte sie, wenn Marie sich in Gefahr befand oder sonst irgendetwas nicht stimmte. Schon oft hatte ihr das geholfen.

Marie riss ihren Blick von dem glitzernden Kleid los. Sie hatte Mühe zu sprechen. Doch mit jedem Wort, das sie sagte, fühlte sie sich sicherer. „Ich glaube Ihnen nicht, Herr Meister! Oder soll ich Sie Zauberer Kro nennen? Wenn ich das Kleid anziehe, dann passiert mir dasselbe wie Max gerade mit der Maske. Ich werde böse und gemein!“

Jetzt stellte sich Max schützend vor Marie. „Du hast Recht! Zieh das Kleid nicht an, Marie! Die böse Kraft beherrscht einen sofort, man kann gar nichts dagegen tun. Ich habe es gespürt!“

Herr Meister grinste überlegen. „Was du gefühlt hast, war die Macht, Max! Du kannst noch mehr davon haben, wenn du willst!“ Durch Herrn Meisters Augen blickte ihn Kro flackernd an. „Na, Max? Möchtest du

noch eine andere Maske ausprobieren? Du hast die Wahl!“
Max schüttelte den Kopf. „Nein, danke! Vielleicht ein anderes Mal! Wir sind eigentlich nur gekommen, weil unsere Oma ihre Brille hier vergessen hat.“
Max holte die Brille aus dem Wohnzimmer. Dann zog er seine Wasserpistole, richtete sie auf Herrn Meisters Gesicht und drückte ab.
Herr Meister riss die Hände hoch und schützte sich gegen den Wasserstrahl. „Bravo, Max!“, lachte Herr Meister. „Volle tausend Punkte! Wir sind aus demselben Holz geschnitzt. Du kannst ja richtig wütend werden, das gefällt mir!“
Kros Lachen hallte durch den Flur, und Max und Marie rannten so schnell sie konnten aus der Wohnung.
„Bloß weg hier!“, stieß Marie aus.
Herr Meister winkte und rief ihnen nach: „Tschüss, ihr Lieben! Wir sehen uns morgen im Theater!“

# Nächtlicher Besuch

In dieser Nacht erwachte Marie plötzlich aus einem unruhigen Schlaf. Immer wieder sah sie das silbern glitzernde Prinzessinnenkleid vor sich. Es zog sie an wie ein Magnet. Das Kleid ging ihr nicht mehr aus dem Kopf. So etwas Schönes hatte sie noch nie zuvor gesehen. Ob sie es nicht doch einmal anprobieren sollte? Es musste ja keiner wissen – nicht einmal Max. Sollte sie es wagen? Was konnte denn schon passieren? Marie war sich sicher, dass sie den bösen Kräften standhalten würde. Das hatte sie schließlich schon bei ihrem letzten Abenteuer im Elfenreich bewiesen. Sie fühlte sich stark genug. Nur ein einziges Mal wünschte sich Marie, dass ihr Traum in Erfüllung ging. Nur einmal im Leben wollte sie eine echte Prinzessin sein!

Immer wieder hörte Marie in der Dunkelheit ihres Zimmers eine Stimme. Es klang so, als würde das Kleid aus der Ferne zu ihr sprechen: „Marie, komm zu mir! Zieh mich an! Ich warte auf dich! Ich bin nur für dich gemacht! Du bist eine echte Prinzessin!“

Marie stand leise auf und zog sich ihren Bademantel

über. Dann kramte sie eine Taschenlampe hervor und schlich so leise wie möglich zur Haustür hinaus. Oma und Max durften sie auf keinen Fall erwischen, das sollte ihr kleines Geheimnis bleiben. Sie ging die dunkle Straße entlang zum Nachbarhaus und sah sich um: Niemand war zu sehen – alles lief bestens. Marie schlich weiter, bis sie vor dem Haus von Herrn Meister stand. Noch bevor sie die Türklinke berührt hatte, öffnete sich die Tür wie von Geisterhand. Der Gang wurde von einem weißen Lichtstrahl erhellt. Marie folgte ihm, bis sie vor dem alten Holzschrank stand. Er war geöffnet, so als hätte er auf sie gewartet. Sie sah das herrlich strahlende Prinzessinnenkleid vor sich. Fast wurde sie von dessen Schönheit geblendet.

„Marie, zieh mich an!“, wisperte das Kleid. „Du wirst eine echte Prinzessin sein!“

Marie ging auf den Schrank zu. Ihr war sehr heiß, und sie fühlte sich, als würde sie Fieber bekommen. Marie traute sich erst nicht, das Kleid anzufassen. Was würde dann passieren? Schließlich streckte sie doch langsam eine Hand aus. Sie musste nicht einmal ihren Schlafanzug ausziehen. Kaum hatte sie den Stoff berührt, trug sie das Kleid schon an ihrem Körper. Erfreut und verwundert zugleich blickte sie an sich herab. Sie hatte sogar passende silberne Schuhe an ihren Füßen! Dann betrachtete sie sich in dem großen Spiegel, der an der Schranktür angebracht war. Ihre Haare schimmerten wie Gold, und auf ihrem Kopf trug sie die funkelnde

Krone. Marie bestaunte sich von allen Seiten. Wie schön sie war! Sie wusste, sie würde eine zauberhafte Prinzessin sein! So wie einst ihre Mutter. So ähnlich musste sie ausgesehen haben, als sie noch klein war. Im Spiegel sah Marie, wie sie von ihren Klassenkameraden bewundert wurde. Und ihre Lehrer verbeugten sich sogar vor ihr. Marie bekam einen besonderen Platz im Klassenzimmer. Und während der Pause wurde sie von vorne bis hinten bedient. Einer holte ihr einen Kakao. Eine andere Mitschülerin brachte Marie leckeren Kuchen und allerlei Süßigkeiten. Sie, Marie Klaphecke, war eine echte Prinzessin geworden! Niemals wieder musste sie ihre Hausaufgaben machen. Marie tanzte vor Freude vor dem Spiegel hin und her. Sie tanzte sich in eine andere Welt, in das Reich der Elfen. Dort wurde sie von den Elfen freundlich begrüßt und verehrt. Sie sollte die Nachfolgerin des Elfenkönigs und Herrscherin des Elfenreiches werden. Marie fühlte sich leicht und beschwingt wie noch nie in ihrem Leben.

Plötzlich ertönte ein Grollen. Der Boden unter ihren Füßen begann zu beben. Jetzt sah Marie in den Spiegel und erschrak. Knirschend fuhren Risse durch das Glas. Dann erblickte Marie eine grausame Fratze in dem kaputten Spiegel: Kro!

Marie wagte nicht sich umzudrehen.

Mit seinen ausgestreckten Klauen kam der Zauberer von hinten näher. „Ich freue mich, dass du zu mir gekommen bist, Marie!“, sagte Kro. „Wie ich sehe, weißt

du endlich, wo du hingehörst. Hier an meiner Seite ist dein Platz, meine kleine Prinzessin! All deine Wünsche sollen in Erfüllung gehen!"
Marie begann zu schreien. Sie schrie, so laut sie konnte. Max wachte auf, weil er ein Wimmern aus Maries Zimmer hörte. Ohne das Licht anzuknipsen, stürmte er los. Erst stolperte er über seine Turnschuhe, die wie immer auf dem Boden herumlagen, dann rappelte er sich wieder auf und rannte ins Zimmer seiner Schwester. Er sah, wie sich Maries Finger an der Bettdecke festkrallten. Schreiend warf sie sich im Bett hin und her.
Jetzt spürte Marie, dass Kro dicht hinter ihr war. Er packte ihre Schultern mit seinen Klauen. Da hörte Marie von weitem wieder eine Stimme. Sie klang vertraut.
„Marie, ich bin's, Max! Was ist mit dir?"
Marie schlug um sich. „Hilfe! Hilfe! Max, wo bist du? So hilf mir doch!"
Kro lachte laut und zog sie immer näher an sich heran.
Doch dann spürte sie eine warme Hand auf ihrem Gesicht. Jemand schüttelte sie.
„He, Marie! Wach auf!"
Marie öffnete die Augen. Sie atmete schwer und war schweißgebadet. Erst glaubte sie, Max sei der Zauberer und schlug auf ihn ein. „Lass mich los! Hau ab, Kro, du blöder Zauberer! Ich hasse dich!"
Max packte ihre Arme und hielt Marie fest. Er hatte große Mühe damit, denn im Moment besaß sie unglaubliche Kraft.

„Ganz ruhig, Marie! Hier ist Max, dein Bruder! Ich bin nicht Kro! Du hast nur geträumt!“
Marie beruhigte sich nur langsam. Jetzt erst erkannte sie ihr Zimmer. Ihr Bett war durchgeschwitzt und zerwühlt. Marie schmiss die Decke von sich. Erleichtert sah sie, dass sie kein Prinzessinnenkleid, sondern ihren Schlafanzug trug. Nie zuvor war Marie so froh gewesen, ihren Bruder Max zu sehen. Weinend fiel sie ihm in die Arme und klammerte sich an ihn.
Max drückte sie an sich. Auch wenn er es sich oft nicht eingestehen wollte, hatte er seine Schwester doch sehr lieb. Marie brauchte ihn seit dem Verschwinden ihrer Eltern mehr als zuvor. Aber er brauchte sie ebenso, auch wenn es ihm schwer fiel das zuzugeben. Geduldig hörte er Marie zu.
„Es war alles total echt, Max!“, schluchzte sie. „So, als hätte ich es wirklich erlebt! Ich glaube, Kro kann in meine Träume eindringen. Hättest du mich nicht geweckt, hätte er mich gehabt! Er kennt unsere geheimsten Wünsche und spielt damit! Am liebsten würde ich nie wieder schlafen!“
Max trocknete ihr nasses Gesicht mit seinem Schlafanzugärmel. „Keine Angst, Marie, schlaf ruhig weiter. Ich bleib hier sitzen und passe auf, dass dir nichts passiert.“

# Theaterzauber

Am nächsten Tag steckte Marie der Traum von letzter Nacht noch in den Knochen. „Meinst du, Max, wir müssen wirklich mit in dieses Theater gehen?“, fragte sie, als die Großmutter in ihrem Zimmer verschwunden war, um sich für den Abend umzuziehen.
Max hielt seinen Finger an die Lippen. „Pst! Der Zauberer hat Ohren wie ein Luchs. Ich könnte mir auch etwas Besseres vorstellen, als mit Kros Kreatur ins Theater zu gehen. Aber willst du Oma vielleicht mit diesem Idioten alleine lassen?“
Frau Klaphecke hatte sich für diesen Abend ganz besonders schick gemacht. Auf dem Weg ins Theater überprüfte sie im Vorbeigehen ihre neue Frisur in einem Schaufenster. Herr Meister trug einen schwarzen Anzug und Lackschuhe.
Die Warteschlange an der Theaterkasse war lang. Herr Meister kaufte vier Karten, und Marie las währenddessen den Titel der Vorstellung. Das konnte doch nicht wahr sein! Das Stück hieß *Elfenzauber in Gefahr*. Marie betrachtete Herrn Meister misstrauisch. Am liebsten

wäre sie gleich wieder nach Hause gegangen, aber sie mussten Oma unbedingt vor Kro beschützen. Sobald Herr Meister in Maries Nähe war, spürte sie Kros Kälte. Lächelnd kam der neue Nachbar mit den Theaterkarten auf die Kinder zu. Er hatte noch etwas in der Hand: drei Ferngläser. Sie waren schon alt und mit Gold beschlagen.
Frau Klaphecke nahm begeistert eins in die Hand und probierte es gleich aus. „Oh! Wie schön, Herr Meister! Das sind ja echte Operngläser! Das letzte hielt ich vor zwanzig Jahren in der Hand, als mein lieber Mann noch lebte. Wir sind oft zusammen im Theater gewesen. Sagen Sie, Herr Meister, kann man diese wundervollen Gläser etwa an der Kasse ausleihen?“
„Nein!“, antwortete er. „Die sind aus einer meiner Sammlungen. Ich schenke sie Ihnen und Ihren Enkeln.“
Herr Meister übergab Frau Klaphecke die Operngläser. Zunächst wollte sich Marie weigern das Geschenk anzunehmen, doch Oma hängte ihren Enkeln stolz die Gläser um den Hals. „Nun bedankt euch aber auch schön bei Herrn Meister. Oder wisst ihr nicht mehr, was sich gehört?“
Marie presste die Lippen fest aufeinander und nickte stumm. Das Wort „Danke“ brachte sie nicht über die Lippen.
Max sah durch das Opernglas und sagte: „Da wird einem ja ganz schwindelig!“
Herr Meister nahm Max das Glas aus der Hand und

stellte die Schärfe ein. „So, mein Junge. Wenn du jetzt durch das Glas auf die Bühne siehst, dann bekommst du das Gefühl beim Theaterstück wirklich dabei zu sein. Mir kommt es immer so vor, als würde ich dann richtig mitspielen."

Marie fummelte aufgeregt am Band ihres Fernglases herum. Nervös trat sie von einem Bein auf das andere. Ihre Oma kam ihr heute anders vor als sonst. Irgendwie aufgekratzt. Ihre Augen glänzten, und sie wirkte jünger als sonst. Und überhaupt: Seit wann kicherte Oma so komisch? Hatte Kro sie womöglich schon verzaubert? Da durchzuckte Marie ein furchtbarer Gedanke: Oma hat sich doch nicht etwa in diesen Typen verliebt? Wahrscheinlich kannte Kro auch Omas geheimste Wünsche, und sie lebte nun einmal schon sehr lange allein.

An der Garderobe half Herr Meister Frau Klaphecke aus dem Mantel. Sie genoss es sich von ihm verwöhnen zu lassen und sagte begeistert ja, als er vorschlug, ihr ein Glas Sekt zu holen.

„Guck dir diesen Schleimer an!", flüsterte Max. „Der schafft es wirklich unsere Oma um den Finger zu wickeln!"

Marie seufzte schwer. „Und Oma sieht so glücklich aus! Wenn es doch nur jemand anders wäre – dann würde ich mich echt für sie freuen!"

Frau Klaphecke und Herr Meister stießen mit den Sektgläsern an. „Sollen wir uns ab jetzt nicht duzen, Frau Klaphecke?", fragte Herr Meister.

„Aber gerne! Mein Vorname ist Elisabeth!“, antwortete sie und errötete leicht.
„Sehr angenehm, Elisabeth! Meine Freunde nennen mich Kurt!“, stellte sich Herr Meister vor.

Max verdrehte die Augen. „Oh, nein! Ich glaube, mir wird schlecht! Unsere Oma verliebt sich tatsächlich in dieses Monster!“
„Vielleicht“, flüsterte Marie, „sollten wir ihr sagen, was er mit seiner letzten Frau gemacht hat. Er hat sie in eine Riesenkrake verwandelt und in die Todessümpfe verbannt, als er genug von ihr hatte*.“
Als der Gong ertönte, gingen sie auf ihre Plätze. Sie saßen in der Loge direkt am Balkon in der ersten Reihe. Oma hatte neben Herrn Meister Platz genommen. Dann kam Max, und Marie saß ganz außen. Sie hielt es in der Nähe des Zauberers einfach nicht aus.

* siehe „DAS MAGISCHE ABENTEUER“, Teil 1: „Die erste Begegnung“.

Auch Frau Klaphecke fröstelte, aber sie wusste nicht, woher diese Kälte kam. Sie legte sich ihre Strickjacke um die Schultern. „Ist dir auch so kalt, Kurt?“, fragte sie.
Doch da wurde das Licht im Theater schwächer, und die Vorstellung begann, sodass Herr Meister ihr die Antwort schuldig blieb. Als es ganz dunkel war, fiel plötzlich ein Lichtstrahl auf den samtroten Vorhang.
Marie berührte Max am Arm. „Sag mal, Max!“, flüsterte sie. „Ist das nicht seltsam, dass dieses Stück ausgerechnet *Elfenzauber in Gefahr* heißt?“
„Ja, das ist ein seltsamer Zufall!“, antwortete Max ebenso leise. „Aber das Stück läuft schon seit Monaten, Marie. Da wohnte Herr Meister noch gar nicht bei uns in der Straße.“
Der Vorhang öffnete sich. Eine Elfe lief auf der Bühne aufgeregt hin und her. Fünf weitere Elfen lagen in einer großen Glaskugel und schliefen. Alles war voll glitzerndem Elfenstaub. Die kleine Elfe rüttelte die anderen wach. „Wacht auf! Wacht auf, ihr Elfen! Wir sind in großer Gefahr!“
Marie stieß Max an. „Hast du das gehört? Das ist ja genauso wie bei unseren Elfen im Reich des Zauberers!“
Max beruhigte Marie. „Das ist bestimmt nur ein Theaterstück. Geschichten über Elfen gibt es schon ewig!“
Das klang logisch für Marie. Trotzdem hatte sie ein mulmiges Gefühl. Gespannt sah sie dem Theaterstück

zu. Die Glaskugel auf der Bühne regte sich. Räkelnd wanden sich die Elfen heraus.
„Kommt schnell!“, rief die kleine Elfe. „Wir müssen uns beraten! Der böse Zauberer führt etwas im Schilde, das spüre ich!“
Marie beugte sich etwas nach vorne und sah Herrn Meister an. Grinsend saß er da. Mit funkelnden Augen starrte er auf die Bühne. Es war, als hätte Marie in Herrn Meisters Gesicht Kros hässliche Fratze kurz aufblitzen sehen.
Marie erschrak. Sie nahm ihr Fernglas und sah auf die Bühne. Sofort konnte sie alles viel klarer erkennen und hatte den Eindruck, am Geschehen auf der Bühne teilzuhaben, fast als sei sie eine der Schauspielerinnen. Da! Die kleine Elfe von gerade eben! Sie glich Mo in allen Einzelheiten. Sie war nur viel größer.
„Max!“, wisperte Marie. „Die Elfe da ist Mo! Sie sieht genauso aus wie sie!“
„Mann, du nervst!“, zischte Max. „Das ist nicht Mo, die Elfen da oben sind Schauspielerinnen.“ Max zeigte nach vorne. „Und das da ist eine Bühne, kapiert?“
Das leuchtete Marie ein. Aber sie hatte das Gefühl, dass mit diesem Theater etwas nicht stimmte. Sie blickte sich um. Gebannt folgten die Zuschauer der Geschichte. Alles sah normal aus. Auch Frau Klaphecke wirkte wie immer. Plötzlich ließ lautes Donnern die Bühne erzittern. Marie fühlte sich wie in ihrem Traum der letzten Nacht. War das jetzt Wirklichkeit oder nicht?

„Der Zauberer ist in der Nähe!“, rief die kleine Elfe. „Ich kann ihn fühlen! Irgendwo hier muss er sein!“
„Ja, Mo! Deine Menschenfreunde haben uns bestimmt an Kro verraten. Du hättest ihnen nicht trauen dürfen“, schimpfte die Elfe Su.
Marie war empört – wie konnte diese Su so etwas behaupten?
Jetzt war auch Max verwirrt. Er nahm sein Opernglas und sah hindurch. „Mo? Diese Elfe heißt genauso wie unsere Mo? Das kann doch kein Zufall mehr sein!“
„Das ist es auch nicht, Max!“ Marie stand auf und schrie nach unten zur Bühne. „Hallo, Mo! Ich bin's! Marie! Wir haben dich nicht verraten! Wir halten zu dir! Aber der Zauberer ist hier! Er sitzt neben uns! Es ist nicht unsere Schuld!“ Dann stolperte sie durch die Stuhlreihen.
Die Zuschauer im Theater wurden unruhig.
Verblüfft blickte Oma ihrer Enkelin hinterher. „Aber, Marie! Bleib hier! Wo willst du denn hin?“
Marie hörte ihre Oma nicht mehr. Sie rannte die Wendeltreppe hinunter zur Bühne. Alle starrten Marie an. Gehörte das zum Stück oder nicht? Niemand wusste es so genau.
Max lief seiner Schwester nach und hielt sie fest. „Marie, bleib hier! Hör auf damit! Du störst ja das ganze Theater!“
Marie riss sich los. „Lass mich! Da ist Mo! Und ich werde ihr die Wahrheit sagen! Wir sind keine Verräter! Du kannst ja hier bleiben, wenn du willst!“

Ein eiskaltes Lachen durchdrang das ganze Theater. Marie kannte diese fürchterliche Stimme – das konnte nur Kro sein. Kurz hinter Marie kletterte auch Max auf die Bühne. Er wollte seine Schwester nicht alleine lassen. Oma stand oben und winkte sie zurück.
„Nein, nicht, Marie!", erklang plötzlich eine helle Stimme. Die richtige Elfe Mo flog auf einmal vor Maries Nase herum. „Ihr dürft nicht auf die Bühne! Das will Kro doch nur. Geht wieder nach unten!"
Doch es war zu spät. Schon drehte sich alles um sie herum. Das Theater, die Zuschauer und die Bühne verschwammen vor ihren Augen. Dann wurde es um die Geschwister stockdunkel.

# Das Eisschloss

Als Max wieder die Augen öffnete, konnte er kaum etwas sehen. Ein eisiger Wind schnitt in seine Augen. Es hagelte. Die Körner auf der Haut taten weh. Es war, als würden Nägel vom Himmel fallen. Wütend wischte sich Max ein paar Hagelkörner vom Arm. „Was ist denn jetzt schon wieder passiert? Hat der Typ uns schon wieder reingelegt?", schimpfte er. „Marie, bitte sag mir, dass wir hier nicht im Reich des Zauberers sind!"
Marie rieb sich die Augen und sah auf den Boden. Sie hob die Hagelkörner auf. Es waren tatsächlich echte Nägel. „Es ist alles meine Schuld, Max!", jammerte sie. „Kro hat uns von der Theaterbühne aus in sein Reich gezogen – und jetzt sind wir mittendrin!"
In der Ferne sah Max blaue Flammen. Zu gerne hätte er sich an ihnen erwärmt. Doch er wusste aus dem Elfenbuch, dass dies ein kaltes Feuer war. Er durfte ihm nicht zu nahe kommen, sonst würde er zu Eis erstarren. Max riss sein Opernglas hoch, das hier im Elfenreich wie ein normales Fernglas funktionierte. Damit suchte er den Horizont ab. Hinter den leuchtend blauen Flammen

entdeckte er ein gewaltiges Schloss. Wenn er sich nicht täuschte, dann schwebte es direkt über den Flammen. Max hatte den Eindruck, dass das kolossale Gebäude langsam näher kam. „Guck dir das an, Marie!"
Marie sah durch ihr Opernglas. „Meine Güte! Das Eisschloss des Zauberers – ich habe davon schon mal geträumt. Es sah genauso aus, so als ob ich hier gewesen wäre."
Riesige Eiszapfen hingen von den Türmen und Fenstern herunter. Sie sahen aus wie gefrorene Tränen. Das prächtige Schloss war eingehüllt in eine Festung aus Eis. Durch die glasklare kalte Schicht leuchtete das Schloss in seiner ehemaligen Schönheit hervor. Es sah gleichzeitig anziehend und Furcht erregend aus. Das Schloss schwebte näher. Es hatte tatsächlich keinen Kontakt zum Boden.
„Wenn das mein Physiklehrer sehen könnte!", staunte Max.
Rechts und links von ihnen ragte ein Meer pfeilspitzer, kleiner Felsen aus dem Boden. Marie erschauderte. Sie konnten nur noch vor oder zurück. Hinter ihnen warf die schwarze Sonne immer längere Schatten. Der scharfe Wind wurde eisiger. Marie hatte eine rote Nase und kalte Füße.
Max rieb sich mit seinen Händen den Oberkörper warm. Ihm war unheimlich zumute, aber wie immer zeigte er das nicht. Max hatte nur noch einen Gedanken: Flucht! Er drehte sich um. Doch schon wenige Me-

ter hinter ihnen sah er nichts weiter als dichten grauen Nebel. Sie konnten entweder auf das Eisschloss zu gehen oder in das unbekannte Dunkel fliehen.
Trompeten ertönten. Ein Trommelwirbel drang aus dem Inneren des Schlosses. Ratternd senkte sich die Zugbrücke vor den Geschwistern herab. An der eisigen Empore erschien mit wehendem Mantel der Zauberer Kro. Er blickte erfreut auf Marie und Max hinunter. Diesmal sah er gar nicht so Furcht erregend aus, sondern eher würdevoll. Auf seinem spitzen, nachtblauen Hut leuchteten silberne Sterne. Kros Umhang war aus dem gleichen Stoff, aber von innen schimmerte er purpurrot. Der Wind spielte mit seinem langen weißen Bart. Er trug silbern glänzende Schnabelschuhe und in seiner rechten Hand hielt er einen leuchtenden Zauberstab. Mit einer freundlichen Geste lud er Marie und Max in sein Schloss ein. „Willkommen zu eurem ersten Zauberlehrgang! Endlich habt ihr euch entschieden große Zauberer zu werden, so wie ich!“
Kro malte mit seinem Stab seltsame Zeichen in die Luft. Plötzlich hielt er noch zwei weitere Zauberstäbe in der Hand. Der eine flog zu Marie, der andere zu Max. Schwerelos wie das Eisschloss schwebten sie vor den Kindern. „Ergreift euer Werkzeug, und lernt seine Macht kennen!“
Breitbeinig stellte sich Max vor die schwebenden Zauberstäbe. Obwohl er vor Kälte zitterte, sah er entschlossen zu Kro hinauf. „Vergiss es, Opa! Das werden wir

nicht tun!“, schrie er. „Wir wollen deine dunkle Macht nicht haben! Du kannst uns also gleich wieder nach Hause gehen lassen!“

Kros lautes Lachen hallte von oben hinab. „So? Ihr wollt die Zaubermacht nicht? Eure Hartnäckigkeit gefällt mir. Die werdet ihr brauchen, um Beherrscher meines Reiches zu werden!“ Wieder schwang Kro seinen leuchtenden Stab durch die Luft.

Auf einmal hörten Marie und Max hinter sich ein Rülpsen und Schmatzen. Es klang laut und tief, als käme es aus einem gigantischen Maul. Marie und Max fuhren herum. Der Nebel hatte sich gelichtet. Eine Armee riesiger behaarter Wesen rollte auf sie zu. Schreiend flüchteten sich Marie und Max in Richtung Eisschloss, doch kurz davor blieben sie stehen.

„Max, was sind das für hässliche Ungeheuer?“, rief Marie.

Augenblicklich stand Kro neben ihnen. „Das sind die schwarzen Allesfresser, meine kleine Prinzessin. Sie machen auch mir oft das Leben schwer. Ich werde euch einen Zaubertrick zeigen, mit dem ihr sie stoppen könnt!“

Die Monster kamen näher. Eine ganze Herde, mindestens hundert von ihnen, donnerte auf sie zu. Der Zauberer streckte seine Arme aus. Dann atmete er tief durch und murmelte etwas vor sich hin. Sogleich fuhren aus seinem Zauberstab helle Blitze. Immer wenn er einen Allesfresser traf, löste der sich in Rauch auf. Marie

und Max waren wie gelähmt. „Nun versucht es selbst!“, ermunterte Kro die Geschwister. „Ihr müsst euch nur ganz auf euer Ziel konzentrieren. Dann könnt ihr mit der Kraft der Gedanken alles zerstören, worauf der Zauberstab zeigt!“
Im nächsten Moment befand er sich wieder oben auf der Schlosstreppe. Die leuchtenden Zauberstäbe schwebten noch immer vor Marie und Max in der Luft.
Ein Allesfresser kam direkt auf Marie zu. Marie versteckte sich hinter ihrem Bruder. „Max, hilf mir! Der will mich fressen!“
Kros Stimme ertönte: „Max! Sei kein Feigling! Nimm den Zauberstab! So kannst du Marie retten! Du hast die Kraft!“
Mit aufgerissenem Schlund schnappte der Allesfresser nach Marie. Seine spitzen Reißzähne schlugen mehrmals aufeinander – zum Glück jedes Mal ins Leere. Ei-

nerseits wusste Max, dass es falsch war, den Zauberstab zu benutzen, doch er konnte Marie nicht im Stich lassen. Er streckte seine Finger nach dem Zauberstab aus. Sogleich hielt er ihn in der Hand. In wenigen Sekunden spürte Max, wie ihn eine große Kraft durchströmte. So ähnlich hatte es sich auch angefühlt, als er die Maske bei Herrn Meister ausprobiert hatte. Als würde er von einer fremden Macht geführt, zielte Max mit dem magischen Stab auf den Allesfresser, der Marie bedrohte. Marie stieß einen spitzen Schrei aus. Wie vorher beim Zauberer fuhr auch bei Max ein Blitz aus dem Zauberstab. Er traf direkt auf das schwarze Monster. Es war Max, als würde er mit seinen Gedanken in das haarige Ding eindringen. „Zerplatze!", schrie er. Max hörte ein

lautes Zischen, und dann war nur noch Rauch zu sehen. Max hatte den Allesfresser erwischt. Er konnte es nicht fassen – hatte er gerade wirklich gezaubert? Niemand aus seiner Klasse würde ihm das glauben!
„Ganz ausgezeichnet, Max!“, lobte der Zauberer. „Du bist eben doch mein Enkel!“
Marie atmete erleichtert einmal tief durch. „Danke, Max! Du hast mir das Leben gerettet! Das war ganz schön knapp!“
Stolz und ein Gefühl von unglaublicher Macht überfielen Max. Er kam sich vor wie der siegreiche Drachentöter aus seinem Computerspiel. Aber das hier fühlte sich viel besser an.
Schon waren die nächsten schwarzen Monster im Anmarsch. Mutig stellte Max sich den Allesfressern entgegen. „Nun kommt, ihr süßen Tierchen!“, rief er. „Traut euch ruhig! Ich habe keine Angst!“
„Ja!“, brüllte der Zauberer. „Spüre die Kraft, Max! Du kannst sie immer haben, wenn du nur willst!“
Der Zauberstab funktionierte wie versprochen. Ein Monster nach dem anderen erledigte Max mit seinen Gedankenblitzen. Sogar die, die noch weiter weg waren, erreichte er mühelos. Max konnte gar nicht mehr aufhören. Er bekam große Lust daran, die Allesfresser zu vertreiben. Es machte mehr Spaß als sein Computerspiel – denn das hier war echt!
Jetzt bekamen die Allesfresser Angst vor Max. Sie kehrten auf der Stelle um und traten die Flucht an.

Marie staunte, zunächst konnte sie es kaum fassen. Aber dann jubelte sie los und umarmte ihren Bruder.
Doch Max war plötzlich ganz verändert. Seine weichen Gesichtszüge waren verschwunden. Er sah hart aus und wirkte wie versteinert. Irgendwie unecht. Unsanft stieß er Marie von sich. „Lass mich, Marie! Ich muss die Allesfresser verfolgen! Ich werde sie alle erledigen, keiner wird mir entkommen!“ Brüllend lief Max den Allesfressern nach. Das Lachen des Zauberers begleitete ihn.
Marie folgte ihrem Bruder. Tränen liefen über ihre Wangen, dann stieg Wut in ihr hoch. „Max! Bleib hier! Du kannst mich doch hier nicht alleine lassen!“ Doch Max hörte sie nicht mehr. Marie blieb stehen und brüllte in den Himmel hinauf. „Das ist alles nur deine Schuld, Kro! Du Ungeheuer von Zauberer! Du hast die Allesfresser nur gerufen, damit du Max für dich gewinnen kannst. Meinst du, ich merke das nicht?“
Auf einmal stand Kro wieder vor Marie. Im Vergleich zu dem mächtigen Zauberer kam sie sich so winzig wie eine Ameise vor. „Du bist ein kluges Mädchen, kleine Prinzessin!“, sprach Kro. „Du wirst einmal eine weise Königin werden! Eine viel bessere, als deine Mutter je geworden wäre. Ihr Herz war viel zu weich. Aber dein Prinzessinnenkleid wartet schon auf dich, Marie! Das Eisschloss ist dein wahres Zuhause!“ Kro streckte ihr seine knochigen Hände entgegen.
Marie fasste mit der Hand an ihre Halskette. „Mama, Papa!“, murmelte sie. „Helft mir!“ Sie tastete nach dem

Foto ihrer Eltern und hoffte, dass das Bild sie beschützen würde.
Als sie Kro bei ihrer letzten Begegnung das Foto vors Gesicht gehalten hatte, war der Zauberer noch davor zurückgeschreckt. Doch diesmal war er darauf vorbereitet und lächelte nur. „Das ist ein schönes Foto deiner Eltern, aber leider nutzt es dir nicht viel. Komm in mein Reich, Marie. Deine Eltern sind tot, aber du hast doch noch mich, deinen Opa!"
Warum hilft mir denn hier niemand?, dachte Marie. Ihr fiel die kleine Elfe Mo wieder ein. Wo war sie eigentlich? Verzweifelt rief sie nach ihr.
„Aber nicht doch!", spottete Kro. „Meinst du wirklich, deine kleine Freundin traut sich in meine Nähe? Sie kann dir nicht helfen! Sie ist doch bloß eine lästige kleine Elfe!"
Aber da täuschte sich der böse Zauberer Kro! Schon sah Marie hinter seiner dunklen Gestalt etwas glitzern. Ein goldener Schweif kam näher. Mo! Da war sie ja! Noch hatte Kro die Elfe nicht bemerkt. Leise schwirrte sie von hinten näher an den Zauberer heran. Sie umhüllte ihn mit Elfenstaub. Es war, als würde er unter einer Dusche aus glitzerndem Sand stehen. Marie sah, wie Kros Zauberkraft aus ihm wich. Dann sackte er ein Stück in sich zusammen.
„Ah!", stöhnte er. „Meine Kraft verlässt mich! Der verflixte Störzauber der Elfen! Habt ihr es doch gewagt!"
Wortlos beobachtete Marie das Geschehen. Der Zaube-

rer sah nun gar nicht mehr stark und mächtig aus. Er wirkte eher wie ein uralter, schwacher Mann.
„Ich werde euch kriegen!“, drohte er. „Alle! Verlasst euch drauf! Und ihr werdet mir noch dankbar sein!“
Mit diesen Worten war Kro verschwunden. Nur eine kleine Fliege summte unbemerkt in die Richtung, in welche auch Max verschwunden war.

# Unter der Erde

Marie war völlig außer sich. „Danke, Mo! Das war knapp! Aber Max ist weg! Er ist völlig durchgedreht! Mit seinem Zauberstab ist er den Allesfressern hinterher!"
Mo schwirrte los. „Komm, Marie! Wir müssen Max suchen. Durch meinen Störzauber ist Kro geschwächt, und somit verliert auch Max seine Zauberkraft. Kro hat ihm die Macht nur geliehen, er hat deinen Bruder nicht wirklich zu einem schwarzen Magier gemacht. Noch nicht! Aber er will ihn mit aller Kraft auf seine Seite ziehen!"
Marie rannte neben Mo her. Sie staunte, wie schnell die kleine Elfe fliegen konnte. In der Ferne sah Marie hoch aufragende dunkle Berge. Ihre Gipfel sahen aus wie spitze Messer. Der Nebel war verschwunden. Von weitem entdeckte Marie etwas am Wegrand. War das Max? Marie und die kleine Elfe stürmten los.
Tatsächlich! Als würde er schlafen, lag Max auf der Erde. Sein Mund stand offen, und die Härte war wieder aus seinem Gesicht gewichen. In seinen strubbeligen Haaren krabbelte die kleine Fliege.

Marie schüttelte ihren Bruder. „He, Max! Max, wach auf!“
Doch er rührte sich nicht. Stattdessen schnarchte er und drehte sich auf die andere Seite.
Marie klatschte ihm rechts und links auf die Wangen, aber seine Augen blieben geschlossen.
Mo flog näher an Max heran. „Lass es mich mal versuchen, Marie! Max ist nur etwas schwach. Die schwarze Magie hat ihn ausgelaugt. Aber er wird bald wieder auf die Beine kommen.“
Mo kreiste ein paar Mal um Max und bestäubte sein Gesicht mit Elfenstaub.
Max' Kopf regte sich. Er verzog seine Nase und begann zu niesen. „Hatschi! Hatschi!“ Max öffnete die Augen und schüttelte sich. Dann sah er Marie und Mo, die erwartungsvoll vor ihm standen. Er hielt sich den Kopf und stöhnte: „Oh nein, tut das weh! Was mach ich hier eigentlich?“
Marie erzählte ihrem Bruder, was gerade geschehen war. Währenddessen kroch die kleine Fliege unauffällig unter Max' Hemdkragen. Erst nach und nach konnte sich Max an alles erinnern. Aber dieses Gefühl der unendlichen Macht würde er nie wieder vergessen.
„Du bist ebenso geschwächt wie Kro!“, erklärte Mo. „Das kommt daher, weil der Zauberer sich tief mit dir verbunden hat, Max. Aber mein Elfenstaub wird dir helfen, dich zu erholen!“
Marie vernahm ein grollendes Geräusch und blickte sich

um. „Wir müssen verschwinden!“, schrie sie. „Die schwarzen Allesfresser kommen zurück!!“ Diesmal waren es noch mehr als beim ersten Mal.
Max griff nach seinem Zauberstab. „Keine Bange! Das haben wir gleich!“, rief er. Wie vorhin versuchte er, die Monster mit Blitzen und seinen Gedanken aufzulösen. Doch nichts geschah. Kein einziger Funke kam aus dem Stab. Max sah, dass sich sein Zauberstab in einen gewöhnlichen Ast verwandelt hatte. Wütend warf er ihn weg. „Mist!“, schimpfte er. „Du blöder Zauberer! Das findest du wohl lustig, was?“
Das schwarze Heer kam vom Horizont immer näher. Marie drehte sich um. Kros Schloss aus Eis war verschwunden. Marie und Max rannten los.
„Gibt es denn keinen Trick, mit dem du uns woanders hinzaubern kannst, Mo?“, flehte Marie.
Mo schien krampfhaft nachzudenken, dann schüttelte sie den Kopf.
Die beiden Kinder rasten den Weg entlang, bis sie an einem tiefen Abgrund anhalten mussten. „Und was machen wir jetzt?“, riefen sie wie aus einem Munde.
„Springt in das nächste Erdloch!“, keuchte die kleine Elfe. „Die Löcher sind für die Allesfresser zu klein. Unten sind wir erst einmal sicher. Hier oben zu bleiben wäre viel zu gefährlich!“
Marie konnte schon das Schmatzen und Rülpsen der Allesfresser hören. Sie kreischte auf. Max sah ein dunkles Loch vor sich. Kurz bevor das erste Monster Marie

erreicht hatte, packte Max seine Schwester und sprang mit ihr in das Erdloch hinein. Die Elfe Mo flog hinterher, und die drei duckten sich, während die Allesfresser über das Erdloch hinwegdonnerten.
Unter der Erde war es stockdunkel – nur Mos Elfenstaub glitzerte und verbreitete ein etwas dämmriges Licht. Es roch nach modriger Erde.
„Hier unten führt ein Geheimgang zu unserem Versteck. Dort gibt es ein Tor zu eurer Welt, durch das ihr nach Hause zurückkehren könnt!“, erklärte Mo. „Wir haben lange an diesem geheimen Platz gegraben. Es ist das letzte Stück, das von unserem Elfenreich übrig geblieben ist. Überall, wo ihr jetzt das düstere Reich des Zauberers seht, war es früher wie in einem Paradies!“
Marie ahnte, wie sehr Mo ihnen vertrauen musste. Sie wollte ihre Freunde tatsächlich ins Elfenversteck bringen. „Aber Kro wird auch euer Versteck zerstören, wenn er es findet, oder nicht?“, fragte Marie.
„Wir haben überall unseren Elfenstaub gestreut!“, antwortete Mo. „Somit ist unser Versteck für den Zauberer unsichtbar. Leider gibt es von uns Elfen nicht mehr viele, weil Kro die meisten von uns in Porzellanfiguren verwandelt hat. Deshalb geht unser Vorrat an Elfenstaub langsam zu Ende. Wir letzten sechs Elfen können nicht genug Staub herstellen. Auch deswegen müssen die anderen Elfen bald befreit werden!“
„Meinst du“, fragte Max, „euer Elfenreich wird irgendwann einmal wieder sein, wie es früher war?“

Zwei kleine glitzernde Tränen kullerten aus Mos Augen. „Ich weiß es nicht, Max. Das Herz des Zauberers ist aus Eis, und er ist mächtiger denn je! Einst war Kro ein gütiger Zauberer und Elfenkönig, aber ihr seht ja, was aus ihm geworden ist. Ihr seid wirklich unsere letzte Chance ..."
Nur mühsam kamen die Geschwister vorwärts. Der Tunnel war so eng, dass sie gerade noch durchpassten. Hin und wieder mussten sie wie Maulwürfe auf allen vieren kriechen. Mit den Rücken berührten sie herabhängende Felsbrocken. Hier unten roch es modrig. Neben ihnen huschten kleine Spinnen und Käfer an den Erdwänden entlang.

Als Max das sah, spürte er ein Kribbeln auf seiner Haut, so als wären die Tierchen schon in sein Hosenbein gekrochen. Eine Gänsehaut lief über seinen ganzen Körper. Wenn es etwas gab, wovor er sich ekelte, dann waren es Spinnen. Er begann sich zu kratzen und suchte hektisch seine Kleidung nach Spinnenspuren ab.
„Die kleinen Spinnen sind ganz harmlos", erklärte Mo. „Ihr braucht vor ihnen keine Angst haben."
Max zog sich die Schnürriemen aus seinen Turnschu-

hen. Damit versuchte er sich unauffällig die Hosenbeine zuzubinden. „Angst?“, lachte er. „Wer hat denn Angst vor Spinnen?“
In dem Moment seilte sich eine kleine, dicke und schwarz behaarte Spinne vor Max’ Gesicht ab. Sie schien ihm direkt in die Augen zu sehen. Max hörte sich selber kreischen. Das war wirklich das Allerletzte, was er gewollt hatte, aber schon war es geschehen.
„Pst“, zischte Mo. „Sei doch mal still, Max! Da ist irgendetwas.“
Sie lauschten in die Dunkelheit. Sie hörten ein Scharren und Schnüffeln.
„Hier gibt es einige lichtscheue Erdmonster“, flüsterte Mo. „Die meisten sind harmlos, aber wenn man sie stört, dann können sie ganz schön unangenehm werden.“
Max war fast erleichtert. Jedes andere Monster war ihm lieber als Spinnen. Es war ihm einfach furchtbar peinlich, wenn jemand wusste, dass er Angst vor Spinnen hatte. Nicht einmal Marie sollte es wissen. Ein Drachentöter mit Spinnenangst – das passte für ihn einfach nicht zusammen. Neben ihnen bröckelte die Wand, und eine riesige spitze Schnauze schob sich durch die Erde. Mo hielt inne. „Ein Wühlmonster. Ich wusste es.“
Schon versperrte das Monster den drei Freunden den Weg. Marie schüttelte sich, als sie es erblickte. Das Wühlmonster sah aus wie eine einäugige Riesenratte. Sie war sogar noch etwas größer als Max. Das Unge-

heuer beschnüffelte Marie und Max und klapperte dabei mit seinen spitzen Nagezähnen.
„Du willst ein Wühlmonster sein?“, spottete Max. „Du riechst eher wie ein Stinktier.“ Max verzog sein Gesicht. „Hau bloß ab, du hast entsetzlichen Mundgeruch.“
Vielleicht hätte Max seine Worte anders gewählt, wenn er geahnt hätte, dass Erdmonster zwar wenig sehen, aber viele Sprachen sprechen – unter anderem auch die der Menschen.
Höflich antwortete das Monster: „Entschuldige bitte, holder Jüngling. Dann wird es jetzt wohl kein Genuss für dich, wenn ich dich verspeise. Halt einfach nur die Luft an, dann wird es kurz und schmerzlos.“
Max drückte erschrocken seinen Rücken gegen den Felsen.

Die Riesenratte riss ihr Maul auf.
„Haben Sie diese wunderbaren Erdgänge gegraben?“, fragte Marie.
Erstaunt über die freundliche Frage drehte das Monster seinen Kopf zu Marie. „Du bist aber ein nettes Menschenkind. Wer hat dir so viel Höflichkeit beigebracht?“
Marie griff nach dem Medaillon, das an ihrer Halskette hing. Sie presste das Foto ihrer Eltern fest an ihre Brust. „Meine Mama“, antwortete Marie. „Kennst du sie? Sie heißt Jana und ist die Tochter von Kro.“
Ehrfürchtig senkte die Riesenratte ihren Kopf. „Dann bist du Prinzessin Marie?“
Max schnippte mit dem Finger – wie in der Schule, wenn er unbedingt drankommen wollte. „Klar! Und ich bin Prinz Max!“

„Mein Name ist Ybab. Ich heiße euch herzlich willkommen. Endlich seid ihr im Elfenreich!“, freute sich das Wühlmonster. „Mit euch kommt neue Hoffnung. Wie kann ich euch helfen?“
Mo schwirrte vor Ybab hin und her. „Bitte, gib den Weg frei! Kro ist hinter uns her!“
„Beeilt euch!“, antwortete Ybab. „Ich werde ihn aufhalten, so lange ich kann.“
Die drei Weggefährten bedankten sich bei Ybab und setzen ihre Flucht fort.
Es wurde immer dunkler, denn Mo verstreute keinen Elfenstaub mehr, damit Kro sie nicht so leicht verfolgen konnte. Marie und Max konnten kaum etwas sehen.
Max knallte dauernd mit seinem Kopf gegen die Wände. „Autsch!“, stöhnte er. „He, Mo! Wieso quälen wir uns eigentlich so herum? Warum zeigst du uns nicht einen Zauber, mit dem wir uns woanders hinzaubern können? Oder lass uns fliegen oder mach sonst etwas!“
Marie drehte sich um. Sie war erschöpft. Am liebsten wäre sie jetzt eingeschlafen. Außerdem hatte sie Hunger und Durst. Marie und Max hatten das Gefühl seit Tagen nichts mehr gegessen zu haben. Der Aufenthalt in Kros Welt kostete sie unglaublich viel Energie.
„Finde dich damit ab, dass wir Menschen sind, Max!“, sagte Marie. „Und wir Menschen können eben nicht fliegen, außer mit einem Flugzeug.“
Mo schwirrte zu Marie. „Doch, Marie! Hier gibt es Zauberkräfte, die es bei euch zu Hause nicht gibt. Dabei

hilft uns der Elfenstaub und die Kraft unserer guten Gedanken. Kro hingegen benutzt böse Gedanken für seine Macht!"
„Wirklich?", staunte Marie. „Wir hätten die Möglichkeit zu fliegen? Mo! Zeig uns, wie das geht!"
Mo schüttelte den Kopf. „Das geht hier nicht. Wir müssen so lange weiter, bis wir an eine größere Stelle kommen. Hier ist zu wenig Platz, um das Zauberritual zu vollziehen. Ihr müsst noch ein Stück zu Fuß gehen!"
Auf einmal veränderte sich Mos Stimme. Oder war das jemand anderer, der plötzlich in Maries Ohr flüsterte: „Marie, hör mir zu! Ich spüre deine Müdigkeit. Aber ich kann dir Kraft geben. Es geht ganz einfach. Sprich dreimal den Zauberspruch des Meisters, dann kannst du fliegen!"
Marie war verwirrt. Wer sprach da zu ihr? „Hast du was gesagt, Max?", fragte sie.
Max schüttelte mit dem Kopf. „Was soll ich denn gesagt haben? Ich bin froh, wenn ich nicht in diesem blöden Tunnel stecken bleibe!"
Marie kroch mühsam weiter. Ihre Beine begannen zu kribbeln. Sie wurden schwerer und schwerer.
Wieder sprach die Stimme zu ihr. „Du kannst mich nicht sehen, Marie. Aber ich bin ganz nah bei dir. Sprich dreimal den Zauberspruch. Er heißt: *Retsiem red tsi ork.* Sofort wirst du leicht sein wie eine Feder! Und schweben, wohin du willst."
Marie kam kaum noch vorwärts. Es war, als hätte ihr je-

mand Bleigewichte an die Beine gehängt. Nichts wäre ihr im Moment lieber gewesen, als von dieser Last befreit zu sein. „Den Zauberspruch sagen?“, fragte sie. „Nur dreimal? Dann kann ich fliegen?“
Diesmal spürte Max die Gefahr sofort. Augenblicklich war er bei Marie. „Marie! Hör nicht auf die Stimme, das ist Kro! Er verbindet sich gerade mit dir. Du darfst den Zauberspruch auf keinen Fall sagen. Genauso ging es mir vorhin mit den Allesfressern. Fast hätte der Zauberer mich ganz in seiner Gewalt gehabt.“
„Sprich ihn, Marie!“, hallte Kros Stimme. „Dein Platz ist an meiner Seite! Dein größter Wunsch war es immer, eine echte Prinzessin zu sein! Das ist ganz natürlich. Schließlich bist du meine Enkelin. Erkenne endlich deine Bestimmung und nimm sie an.“
Jetzt konnte sich Marie kaum noch bewegen. Doch mit aller Kraft wehrte sie sich gegen die Gedanken des bösen Zauberers. Dann begann sie zu sprechen: „Das werde ich nicht, Zauberer Kro! Du willst mich nur wieder in eine Falle locken! Aber ich weiß, was dann passiert: Wenn ich den Zauberspruch dreimal sage, dann gehören Max und ich für immer dir und deiner schwarzen Magie! Alle Elfen würden für immer verbannt, und das ganze Elfenreich ginge unter!“
Der Gang erzitterte, und die Erde bebte. Erdbrocken lösten sich und fielen herab. Mo flog aufgeregt hin und her. „Der Tunnel stürzt gleich ein! Schnell, da vorne ist eine Kreuzung!“

Marie und Max stürmten los. Sie entdeckten Risse in der Erdwand. Dann kamen sie an die breite Tunnelstelle. Dort konnten Marie und Max mühelos nebeneinander stehen.
„Bleibt hier!“, sagte Mo bestimmt. „Hier ist genug Platz!“
Marie und Max wagten es nicht, Mo jetzt eine Frage zu stellen. Die kleine Elfe sah aus, als bräuchte sie all ihre Kraft. Mo zog um die Kinder einen Kreis aus Elfenstaub. Gleich begann er hell zu leuchten.
„Wow!“, flüsterte Max. „Das sieht ja aus, wie ein echter Hexenring!“
„Und jetzt schließt eure Augen!“, erklärte Mo. „Mit Hilfe dieses magischen Kreises werdet ihr gleich fliegen. Dazu verhilft euch die Kraft eurer guten Gedanken. Ihr müsst fest daran glauben, fliegen zu können. Und das Wichtigste: Ihr dürft nur an etwas Schönes denken, während ihr fliegt. Oder an jemanden, den ihr sehr lieb habt. Wenn ihr an etwas Schlechtes oder Negatives denkt, klappt es nicht!“
Ein Erdbrocken nach dem anderen fiel von oben herab.
„Beeil dich, Mo!“, bat Max. „Sonst werden wir hier noch Nahrung für die Würmer.”
„Haltet die Luft an, und denkt an etwas Schönes!“, forderte Mo eindringlich. „Wenn ihr fliegt, könnt ihr wieder normal atmen und die Augen öffnen!“
Marie und Max schlossen die Augen. Marie dachte an ihre Eltern, die sie von ganzem Herzen liebte. Sie er-

innerte sich an die schöne Zeit, als sie noch bei ihnen waren. Dann begann Marie sich ein Stück vom Boden zu entfernen. Sie öffnete ihre Augen. „Max, sieh mal! Es klappt! Ich kann fliegen!“ Marie fühlte sich leicht wie ein Ballon. Dann begann sie zu schrumpfen, bis sie so klein war wie Mo. Sie flog zu Mo und umarmte sie.

Max dachte an seine geliebte Oma. Dann begann auch er ein Stück über dem Boden zu schweben. „Echt voll krass! Ich glaube es nicht!“, staunte er. „Wenn mich die Jungs aus meiner Klasse jetzt so sehen könnten!“ Im nächsten Moment war er genauso klein wie Mo und Marie.

Die kleine Elfe flog voraus. Sie kannte den Weg ganz genau. „Wir müssen das Elfenversteck erreichen, bevor die Gänge einstürzen!“

Max war überrascht, wie leicht das Fliegen ging. So als würde er auf einem Motorrad sitzen, düste er durch die Gänge. Er fühlte sich wieder stark und mutig. Max dachte daran, wie er mit dem Zauberstab die Allesfresser erledigt hatte. Was für eine große Kraft er dabei in sich gespürt hatte! In dem Moment, als ihm der Zauberer in den Sinn kam, wurde sein Flug unsicher und wackelig. Max verlor an Höhe. „Hilfe, Mo!“, rief er. Jetzt konnte er sich nicht mehr in der Luft halten und stürzte zu Boden. „So ein Mist!“, schimpfte er.

Schon war Mo bei ihm. „Das ist passiert, weil du an Kro gedacht hast. Du darfst dich nicht von ihm beirren lassen. Versuch es einfach noch einmal.“

Max kniff die Augen fest zusammen. Er erhob sich wieder in die Luft, doch es fiel im schwer dauernd an etwas Schönes zu denken. Aber nach einiger Zeit machte ihm das Fliegen schon wieder genauso viel Spaß wie vorher.

# Das Versteck der Elfen

Endlich sah Marie von weitem ein goldenes Licht – das musste das Elfenversteck sein. So schnell wie möglich wollte sie dorthin. Trotz ihrer Müdigkeit flog Marie in Windeseile auf das Licht zu.
Max konnte ihr kaum folgen. „He, Marie, warte auf mich! Wieso rast du denn so?"
Der goldene Lichtstrahl wurde immer stärker. Marie und Max mussten geblendet die Augen schließen. Im nächsten Moment waren die beiden Kinder von dem hellen Glanz völlig eingehüllt. Die Dunkelheit war verschwunden. Dort, wo sie jetzt waren, schimmerte es in den herrlichsten Farben. So etwas Schönes hatten Marie und Max noch nie zuvor gesehen. Vor ihnen lag ein Meer wunderschöner Blumen. Aus den Wänden der Höhle wuchsen Rosen in Rot, Blau, Gelb, Orange und in Maries Lieblingsfarbe Pink.
Marie sog den süßlichen Blumenduft tief ein. Überall glitzerte Elfenstaub – sogar am Boden und an den Wänden. In der Mitte des Verstecks, stand ein Steinbrunnen. Aus zwei Fischmäulern sprudelte Wasser. So-

fort stürzten Marie und Max darauf zu, um ihren Durst zu löschen.
Marie konnte es kaum glauben. Das war kein Wasser! Das schmeckte so fruchtig! „Mmmh! Lecker!“, rief sie begeistert. „Das ist ja Orangenlimonade!“
„Und meine schmeckt nach Zitrone!“, sagte Max. „Gibt es hier auch Waldmeistergeschmack?“
Sie genossen das prickelnde, kühle Getränk. Während die beiden Kinder gierig tranken, spürten sie neue Energie in sich aufsteigen. Mo entzündete ein wärmendes Feuer. Dann setzten sich Marie und Max um die Feuerstelle und rieben sich ihre Hände. Sie waren erschöpft und aufgekratzt zugleich.
Max’ Magen knurrte laut. „Hey, du kannst ja richtig zaubern, Mo! Wie wäre es jetzt mit einer Würstchenbude? Ich habe einen Bärenhunger!“
„Das geht leider nicht, Max! So viel Zauberkraft hat unser Elfenstaub nicht! Wir schützen uns damit vor Kro. Aber wir können mit dem Elfenstaub auch heilen und Böses wieder in etwas Gutes verwandeln. Wir können Schmerzen lindern und Kranke wieder gesund machen. Sieh dich hier um! In unserem Elfenversteck wirst du bestimmt satt!“
Ein Stückchen weiter entdeckten Marie und Max seltsame Bäume und Sträucher. Die Früchte daran sahen ganz anders aus, als bei ihnen zu Hause. Dicke blaue Äpfel lachten sie an. Lilafarbene Birnen und feuerrote Pflaumen hingen schwer von den starken Ästen herunter.

Marie betrachtete das Obst misstrauisch. „Igitt! Blaue Äpfel gibt es doch gar nicht!"
„Die sind bestimmt giftig!", warnte sie Max.
Mo kicherte und schüttelte den Kopf. „Das Obst ist nicht giftig, Marie. Das verspreche ich dir! Probier mal!"
Schon kletterten Marie und Max in die Bäume. Schmatzend saßen sie in der Baumkrone und verschlangen gierig die süßen Früchte. Sie konnten nicht sagen, wie lange sie schon nichts mehr gegessen hatten. Im Reich des Zauberers verloren sie jedes Zeitgefühl. Die Äpfel schmeckten zwar nach Pflaumen und die Birnen nach Erdbeeren, aber so gutes, saftiges Obst hatten Marie und Max noch nie gegessen.
Von oben zeigte Max auf einen großen, braunen Busch. An ihm wuchsen helle, bananenförmige Teile. „Sag bloß, diese Dinger kann man auch essen?", fragte er.
„Sicher!", antwortete Mo. „Das sind Bananen aus Marzipan. Und das da hinten ist ein Schokoladenstrauch mit leckeren Haselnüssen!"
Schon sprang Max vom Baum. Er hielt seine Nase dicht an die beiden Sträucher. Mo hatte Recht. Der eine roch nach Marzipan, der andere nach echter Schokolade. Dann stopfte er abwechselnd Bananen und Schokoladenzweige mit Haselnüssen in sich hinein. Jedes Mal, wenn er eine Marzipanbanane pflückte, wuchs sofort eine neue nach. Alles war im Überfluss vorhanden.
„He, Max! Langsam! Nicht so viel auf einmal!", warnte die kleine Elfe Mo. Doch Max konnte sich einfach

nicht satt essen. Marie hatte sich neben einen Strauch auf den Boden gesetzt, um in Ruhe ihr Obst zu essen. Als sie aufstehen wollte, hielt sie etwas fest. Es sah aus wie ungesponnene Wolle. Sie hatte Marie ganz eingehüllt.

„Iieh! Spinnweben!“ Marie schüttelte sich.

Mo lachte. „Das sind keine Spinnweben. Das ist ein köstlicher Zuckerwattestrauch!“

„Ich fühle mich wie im Schlaraffenland, Marie!“, rief Max begeistert. „Und ich dachte, das gibt es nur im Märchen. Hier bleibe ich! Das ist tausend Mal besser, als Hausaufgaben zu machen und in die zu Schule gehen!“

Marie aß von einem kleinen Tannenbaum mit frisch gebackenen Plätzchen. Er sah fast aus wie ein Weihnachtsbaum. Nicht einmal das Gebäck von Oma war so lecker Dann kostete sie von den bunten Bonbons, die wie an einer Weinrebe an der Wand entlangwuchsen. Schon stopften sich Marie und Max die Hosentaschen voller Süßigkeiten – für alle Fälle. Bald waren ihre Taschen bis zum Platzen gefüllt und wölbten sich nach außen wie zwei dicke Hamsterbacken.

„So sieht es also in eurem Elfenreich aus!“, staunte Marie. „Ein Schlaraffenland mit lauter leckeren Sachen.“

Noch bevor Mo antworten konnte, zog an Marie ein leuchtender Elfenschweif vorüber. Ein paar Mal kreiste er umher. Marie spürte den Windhauch auf ihrem Gesicht. Je näher der Schweif kam, desto mehr verwandelte er sich in kleine Elfen. Schon schwirrten sie im

Versteck umher. Marie zählte fünf von ihnen. Jede Elfe hatte eine andere Haarfarbe und bunte Flügel. Aber sie leuchteten nicht so sehr wie die von Mo. Außerdem waren Mos Flügel größer und ihr Elfenstaub war dichter und strahlender. Marie fiel außerdem auf, dass nur Mo ein goldenes Band um ihren Kopf trug. Darin schimmerte eine leuchtende Perle, die wie ein drittes Auge auf Mos Stirn lag.
Aufgeregt riefen die kleinen Elfen durcheinander. „Ach, Mo! Draußen wird es immer düsterer und kälter! Wie gut, dass wir unser Versteck haben!"
Jetzt erst sahen sie Marie und Max. Die fünf Elfen stellten sich vor. „Hallo, ich heiße Su. Das sind Li und Do, und die beiden dort drüben heißen Bu und Ki. Und ihr? Seid ihr befreite Elfen aus dem Menschenreich?"
Marie schüttelte den Kopf. Max hatte den Mund so voll, dass er gar nicht sprechen konnte. „Wir sind keine Elfen", sagte Marie. „Wir sind Menschen. Ich heiße Marie, und das ist mein Bruder Max."
Su veränderte ihre Farbe. Sie wurde lila vor Schreck. „Mo! Was machen diese Menschenkinder in unserem Elfenversteck? Das ist viel zu gefährlich! Wir dachten, dass niemand außer uns Elfen hierher kommen darf! Du selbst hast es uns doch verboten!"
„Mir blieb keine andere Wahl, meine Schwestern!", erklärte Mo. „Kro hat meine Freunde getäuscht und in sein Reich gelockt. Nur hier bei uns sind sie sicher."
In dem Moment kroch die Stubenfliege aus Max'

Hemdkragen, und Kros hämisches Lachen war auf einmal zu hören. Aus der Fliege stieg eine Stichflamme empor. Dann wurde das Elfenversteck von einem heftigen Erdbeben erschüttert. Die Früchte und Marzipanbananen fielen von den Bäumen, und das flackernde Feuer zischte. Voller Angst klammerten sich Marie und Max aneinander.
„Das ist Kro! Er ist hier!“, schrien die Elfen. „Wir müssen verschwinden!“ Schnell flohen alle in Richtung des Tunnels.
Doch es war zu spät! Die Fliege verwandelte sich in den bösen Zauberer Kro, der ihnen den Fluchtweg versperrte. Kro hatte sich als Fliege verzaubert und in Max’ Hemd verkrochen. So konnte er sich unbemerkt in das Versteck der Elfen schmuggeln.
„Danke, ihr zwei Lieben!“, lachte Kro. „Das habt ihr gut gemacht! Ohne euch hätte ich dieses Versteck nie gefunden!“ Er reichte Max versöhnlich die Hand.
Doch Max verschränkte die Arme vor der Brust. „Ich habe keine Angst vor dir, Kro!“, rief er. „Das ist doch alles nur ein fauler Trick. Hast du nicht mehr auf Lager? Mir wird schon langweilig.“
Marie zupfte Max am Arm. „Mensch, hör auf damit, sonst verwandelt er uns auch noch in Porzellanfiguren!“
Wütend sah Max Marie an. „Das ist alles nur deine Schuld, Marie! Wärst du nicht im Theater auf die Bühne gelaufen, dann wären wir jetzt nicht hier!“

Marie biss sich auf die Unterlippe. Sie bekam sofort ein schlechtes Gewissen. „Aber ich wollte doch nur helfen!“, sagte sie leise. Sie weinte fast.
Die kleine Elfe Mo flog hinter die Kinder und flüsterte: „Hört auf zu streiten, das bringt uns jetzt nicht weiter. Ihr müsst in eure Welt zurück. Denkt fest an zu Hause, und haltet die Luft an, dann könnt ihr von hier in eure Welt fliegen. Aber nur solange ihr die Luft anhaltet. Das ist eure letzte Chance!“
Marie und Max waren wie gelähmt vor Angst. Meinte Mo das ernst? Konnten sie jetzt ihre Freunde im Stich lassen? Der böse Zauberer zeigte mit seinen Fingern auf die kleinen Elfen. „Ich werde euch für immer verbannen!“, brüllte er. Dann sprach er mehrmals den Zauberspruch: „*Retsiem red tsi ork*!“
Doch die Elfen kämpften weiter. Sie warfen so viel Elfenstaub wie möglich auf Kro, doch die Wirkung hielt nicht lange an. Nur für kurze Zeit wurde der Zauberer geschwächt. Dann fuhren Blitze aus seinen Augen und Händen. Er zielte auf jede einzelne Elfe.
„Verschwindet endlich!“, flehte Mo. „Rettet euch! Sonst sind auch wir verloren!“
Nacheinander erstarrten die Elfen Li, Su, Bu, Do und Ki zu Porzellanfiguren. Nur Mo nicht, sie war immer noch hinter Maries Rücken. Das leuchtende Elfenversteck veränderte sich. Das bunte Obst verdorrte und lag verfault am Boden. Die Marzipanbananen und die Bonbons verwandelten sich in große Würmer und eklige

Käfer. Alles Schöne im Versteck der Elfen verschwand. Kro trat auf Marie und Max zu. „Ihr braucht nicht traurig zu sein! Ich beschere euch ein noch viel größeres und schöneres Paradies. Diese lächerlichen Elfen haben euch nicht wirklich etwas zu bieten. Kaum sind sie verschwunden, gibt es auch ihr Elfenreich nicht mehr! Kommt und folgt mir! Ich kann euch zu großen Zauberern machen!"
„Bringt euch in Sicherheit!", flüsterte Mo. „Befreit die Elfen in eurer Welt! Alles hängt von euch ab!"
Marie brüllte den Zauberer an. „Du bist böse und gemein! Wir wollen nicht werden wie du!"
„Ihr sträubt euch also immer noch!", grinste Kro.
Max dachte an seine Oma. Er sehnte sich nach ihr und ihrer Gulaschsuppe. „Meine Oma! Ich will zu ihr!", rief Max. „Was hast du mit ihr gemacht?"
Kro schnippte ein paar Mal mit den Fingern. Die Welt vor ihnen begann zu flimmern. Plötzlich sah es aus wie in Omas Küche. Frau Klaphecke kochte gerade Max' Lieblingsgericht: ungarische Gulaschsuppe. Er konnte es sogar riechen.
„Geh zu ihr, Max!", sagte Kro mit gütiger Stimme. „Sie wartet auf dich!"
Erleichtert lief Max los. „Mensch, Oma! Da bist du ja! Bin ich aber froh! Ich hatte solche Angst um dich!"
Marie rannte hinterher und packte Max am Hemdkragen. „Max, tu das nicht! Das da ist nicht echt! Das ist nur eine von Kros Täuschungen. Oma ist nicht wirklich

hier! Kro will uns verführen! Denk fest an zu Hause, und halte die Luft an! Wir werden es schaffen!"
„Lass mich zu Oma, Marie!", schrie Max.
Marie stellte sich vor ihren Bruder und hielt ihn an den Schultern fest. Sie blickte ihn eindringlich an. „Wenn du jetzt da hingehst, dann wirst du unsere richtige Oma vielleicht nie wieder sehen!"
Max erschrak. Und wenn Marie Recht hatte?
„Na, was ist, Max?", sagte Kro. „Hör nicht auf deine kleine Schwester! Sie kann keinen großen Zauberer aus dir machen! Das kann nur ich! Werde mein Schüler!"
Marie fasste Max an der Hand. „Schließ die Augen, Max", bat sie. „Und halte die Luft an."
Er tat es, und beide dachten ganz fest an zu Hause. Sie wollten nichts lieber als dorthin zurückkehren. Plötzlich wurden Marie und Max so leicht wie Elfenstaub. Schwerelos wie im Weltall trieben sie umher. Aber dann konnten sie die Luft nicht länger anhalten. Sie hatten das Gefühl, ihre Lungen würden jeden Moment platzen. Fast gleichzeitig atmeten Marie und Max aus. Zunächst fielen sie schreiend ins Nichts, dann landeten sie auf hartem Boden. Als sie die Augen öffneten, war ihnen etwas schwindelig. Wo waren sie nur gelandet?
Marie erkannte es zuerst: Sie befanden sich wieder auf der Bühne des Theaters.
Der tosende Applaus des Publikums schallte ihnen entgegen.
Unter den begeistert klatschenden Zuschauern sahen sie

auf dem Balkon ihre Oma. Neben ihr stand Herr Meister.

Freundlich lächelte er ihnen zu und sagte zu Frau Klaphecke: „Ich liebe diese Mitmach-Theater. Da wird das Stück zu einem echten Abenteuer.“

# Einbruch in der Nacht

Marie und Max wussten nach dem erschreckenden Theaterbesuch genau, was sie zu tun hatten. Kaum war Oma an diesem Abend eingeschlafen, schlichen sie gemeinsam zu Herrn Meisters Haus. Im zweiten Stock war ein Fenster geöffnet. Die Zweige vom Apfelbaum berührten das Fensterbrett.

Max stellte sich vor den Baum und verhakte seine Finger ineinander. „Komm, Marie! Ich mache dir eine Räuberleiter!"

Marie setzte einen Fuß in Max' Handflächen und kletterte auf seine Schultern. Von dort erreichte sie mühelos den ersten dicken Ast. Sie setzte sich rittlings darauf und half dann Max zu sich hinauf.

Im Haus war es mucksmäuschenstill. Marie hangelte sich als Erste zum Fenster und stieg ein. Es war stockdunkel, sodass sie nicht erkennen konnte, in welchem Zimmer sie gelandet war. So müssen sich richtige Einbrecher fühlen, dachte Marie. Aber wir wollen ja nichts Böses. Wir wollen nur unsere Freunde befreien.

Max machte versehentlich Lärm, als er beim Reinklettern seinen Turnschuh verlor. Da hörte Marie neben sich ein Geräusch, dass wie ein Schnarchen klang. Ihre Augen gewöhnten sich langsam an die Dunkelheit, und sie konnte ein Bett erkennen. Darin lag jemand und schlief. Dies musste das Schlafzimmer von Herrn Meister sein.

Auf Zehenspitzen schlichen Marie und Max in den Flur. Marie wagte kaum zu atmen. Max machte ihr Zeichen, doch sie verstand nicht, was er damit sagen wollte.

Erst als sie im dunklen Wohnzimmer bei den Vitrinen angekommen waren, traute Max sich leise zu sprechen.

„Wenn wir jetzt alle Figuren zerschlagen, wird er wach und wir sind erledigt", sagte Max und steckte den Hammer wieder ein, den er vorsichtshalber mitgebracht hatte, um die Porzellanelfen zu zerstören. „Wir müssen die Figuren woanders hinbringen. Dann erst können wir die Elfen befreien."

„Vielleicht hat er ja noch irgendwo ein paar Umzugskartons", flüsterte Marie. „Herr Meister ist doch gerade erst hier eingezogen."

Marie leuchtete mit ihrer Taschenlampe in die erste Vitrine und wurde blass vor Schreck. Die Vitrine war leer.

Plötzlich wurde es im Raum taghell.

Herr Meister stand neben dem Lichtschalter. Seine Stimme klang spöttisch: „Oh, wen haben wir denn da? Hoher Besuch. Kommt ihr etwa mitten in der

Nacht, um doch noch ein paar Zauberkunststücke zu lernen?"

Lügen hatte sowieso keinen Zweck. Also rief Max mit dem Mut der Verzweiflung: „Wir sind hier eingebrochen, um unsere Freunde zu befreien! Wo sind die Porzellanfiguren?"

Herr Meister schien sich zu freuen. „Ja, ihr seid tatsächlich bei mir eingebrochen. Prima! Langsam hört ihr auf diese ekelhaft braven Kinder zu sein! Endlich zeigt ihr, dass ihr Kros Enkel seid. Ich könnte euch ein paar tolle Tricks beibringen. Zum Beispiel, wie ihr eure Lehrer in kleine graue Mäuse verwandeln könnt. Na, wäre das nichts?"

Marie ließ sich nicht so leicht ablenken. Sie fragte: „Wo sind die Elfen und was hast du mit Mo gemacht?"

Herr Meister schmunzelte. „Haltet ihr mich für so dumm, dass ich die Porzellanfiguren weiterhin in eurer Reichweite aufbewahre – jetzt, da ihr ihr Geheimnis kennt? Eure kleinen Elfenfreunde sind an einem sicheren Ort."

Max hatte sich langsam in Richtung Flur geschoben. Er sah den Schlüssel von innen in der Haustür stecken und ging vorsichtig rückwärts, bis seine Finger ihn berührten. Leise drehte er den Schlüssel im Schloss. Dann stieß er die Tür auf. „Weg hier, Marie!", schrie er.

Gemeinsam stürmten sie nach draußen.

„Wir werden wiederkommen", rief Marie, „und unsere Freunde befreien!"

„Ja, Kinder, kommt nur!“, lachte Herr Meister. „Ich freue mich schon auf euch.“
Max humpelte mit nur einem Turnschuh neben Marie nach Hause. Beide wussten, dass der Kampf um das Elfenreich noch lange nicht vorbei war. Er hatte gerade erst begonnen.

Das Reich der Elfen
Piratenhafen
Höhle
das Eisschloss